산으로 가는 이야기

트리플

산으로 가는 이야기

29

성혜령 소설

TRIPLE

차례

귀환

0. 소식

아이가 습지로 체험학습을 떠난 오전, 수임은 초여름의 햇볕이 진득하게 고인 거실 창가에 맨몸으로 섰다. 반사필름이 코팅된 유리에 되비친 나체가 정육점에 걸린 고깃덩어리처럼 선명했다. 늘어진 몸의 굴곡과 닭살이 돋아난 피부, 그 위에 포자처럼 슬그머니 뿌리내린 기미와 점들이 훤히 드러났다. 창 너머로는 커뮤니티센터의 옥상정원이 내려다보였다. 수국이며 패랭이 같은 화초를 심어두었는데, 대부분의 꽃을 뿌리째

도둑맞아 웃자란 잡풀만 무성했다. 임대주택이 많은 단지는 티가 난다고, 직장에선가 학부모 모임에선가 들었던 말을 수임은 어쩔 수 없이 떠올리곤 했다.

수임은 얼마전 건강검진에서 난소와 갑상선에 추적 관찰이 필요한 경계성 종양이 있다는 결과를 받았다. 주변에선 다들 흔한 일이라고 했다. 남편도 자기는 지금까지 대장 용종만 열 개 넘게 떼어냈다고, 나이 들면 몸에 불필요한 것들이 생기기 마련이라고 심드렁하게 말했다. 경계성 종양은 암이 아니고 대부분 양성이라는 것은 수임도 알았다. 알면서도 발가벗은 자신의 몸을 유심히 들여다보기 시작했다. 이 몸 안에서 무슨 일이 일어나고 있는지 자신은 전혀 알 수 없고, 관여할 수도 없다는 사실에 새삼 놀라며. 이 낯선 몸으로 지난 십오 년 동안 일을 하며 아이를 낳고 먹이고 씻겼다니, 새삼 생각하며. 그동안 입으로 씹어 삼킨 고기와 해산물과 채소 들은 도대체 얼마고, 몸에 걸치려고 사고 버린 숱한 옷들은……. 그게 정말 나였나. 그 욕망들은 어디서 솟았고, 어디로 사라졌나.

수임은 물론 이 모든 의심과 걱정이 기우에 불과하다는 것도 알았다. 작은 문제에 지나치게 겁을 먹고 호들갑 떠는 버릇은 결국 자기가 안전하다는 감각을 재확인받기 위해서라는 것도.

해가 조금씩 짙어졌다. 옥상정원의 초록들이 한결 왕성해 보였다. 수임은 빛의 웅덩이에서 한발 물러서 빈집의 안온한 그늘 안으로 들어왔다. 몸이 햇볕에 흠뻑 젖었다 식어서 흐물거리는 듯했다. 이제 화장실로 들어가서 씻고 오후 출근 준비를 하자. 아무 일도 아니다. 추적 관찰은 시간이 필요하다는 뜻이고, 아직은, 아무 일도 일어나지 않았다. 수임이 안방 화장실의 불을 켠 순간 무선 충전기에 올려둔 핸드폰이 진동했다.

아이가 고속도로 휴게소에서 후진하는 차에 치였다는 전화였다.

1. 깨어남

“어머니, 혹시 하진이가 기저질환이 있었던 것은 아니죠?”

수임은 순간 한 번도 본 적 없는 변호사의 얼굴을 힘껏 후려치는 자신을 상상했다.

사고는 경미해 보였다. 후진하는 차는 속력이 거의 붙지 않았고, 뒤로 엉덩방아를 찧으며 쓰러졌던 아이는 울지도 않고 혼자 옷을 털고 일어났다. 선생님과 병원에 가는 동안에도 응급차를 가지고 놀기만 했지 진짜 차는 처음 타본다고 웃었다고 했다. 그리고 응급실에서 두 시간이 넘게 대기하는 동안 잠이 든 아이는 깨어나지 못했다. 뇌 MRI 결과 기저부에 외상성 지주막하출혈이 보인다고 했다. 아이는 그날 새벽에 응급수술을 받았다. 그 후 일주일 동안 아이는, 의사의 말에 따르면 예상보다 오래 지속되고 있지만 아직은 크게 걱정하지 않아도 되는 혼수상태였다. 가해자 측 변호사는 사고의 규모에 비해 아이의 상태가 좋지 않은 것이 수상한지 수임에게 거의 매일 전화해 아이의 안부를 확인했다. 나이를 짐작할 수 없는 매끄러운 목소리를 가진 남자가 수임에게 하진이는 어때요? 하고 물어올 때마다 수임은 핸드폰을 병원 복도에 내던지고 싶었지만 항상 똑같이 대답했다.

"똑같아요."

물론 똑같지는 않았다. 이따금 아이는 눈꺼풀을 떨거나 손을 까딱이기도 했다. 의사는 불수의 움직임이라고, 의식과는 관련 없다고 했다. 그래도 아이가 몸을 조금씩 움직일 때마다 수임은 속으로 숫자를 세었다. 숫자가 늘어나면 아이가 곧 깨어날 것 같았고, 숫자가 줄어들면 아이가 영영 잠들까 두려웠다. 이런 작은 변화들은 수임만 알 수 있었고, 알아야 했다.

처음에는 수임도 아이가 깨어나길 차분히 기다릴 수 있었다. 수술실 앞에서 대기하면서 아이가 다니는 학원들에 차례로 전화를 돌렸고, 아이의 상태를 묻는 변호사의 전화에도 화를 내지 않았다. 그리고 남편의 어깨에 머리를 묻고 조용히 속삭였다.

두 시간이면 된다고 했지?

피가 조금 고인 정도라고 했으니까.

뇌가 붓지도 않았고 혈액응고도 없고. 단순, 단순 출혈이랬어.

운전자한테 전화 왔어?

아니, 변호사한테만.

빌어먹을 새끼.

운전자는 아이 잘못이라고 생각하나 봐.

뭐?

블랙박스 보면 하진이가 갑자기 튀어나왔대. 불

들어온 차 조심하라고 몇 번이나 말했는데. 하진이가 왜 그랬을까?

왜가 어딨어. 사고에. 그러니까 사고지. 그런 소리는 왜 해? 그 새끼가 병원비 안 내겠다고 소송하진 않겠지?

그러지는 않겠지. 아무리 그래도 사람을 친 건데…….

유튜브에 제보하는 거 아냐? 전에 본 적 있어. 주차하는 차에 어린애가 갑자기 튀어나와서 교통사고 처리되었는데, 차주가 억울하다고 보냈더라고. 댓글 보면 사람들이 애랑 그 부모를 얼마나 욕하는지…….

나도 봤는데, 그 애는 거의 안 다쳤잖아. 그런데도 합의금을 원했고. 우리 애는 지금 뇌수술을 받는데 어떻게 같아.

그게 중요하겠냐고 그 사람들한테. 우리 애니까 우리한테나 억울하고 슬픈 일이지. 그 사람들한테 그게…….

수임이 잡고 있던 남편의 손이 오므라들었다. 남편은 주먹을 쥐었다 펴며 온몸을 단단하게 응축시키고 있었다. 수임도 손을 거두고 양손을 겨드랑이에 꽉

끼웠다.

수술은 잘되었고, 아이가 곧 깨어날 것이라고 말했던 의사는 아이가 일주일이 지나고, 한 달이 지나도록 의식을 되찾지 못하자 수임과 남편에게 마음의 준비를 하라고 했다. 각종 검사 결과로는 큰 이상을 발견할 수 없지만 한 달이 넘도록 의식이 회복되지 않는다는 사실 자체가 뇌에 중대한 손상이 발생했다는 증거일 수 있고, 단지 원인이 아직 드러나지 않았을 가능성이 크다는 이야기였다. 그 말을 듣는 동안 남편이 수임의 손을 꽉 쥐었다 놓았다. 느닷없는 완력에 수임은 자기도 모르게 손을 비틀어 빼냈다. 수임은 의사의 말을 제대로 이해하지 못했다. 마음의 준비라는 게 무슨 뜻이지? 아이가 아직 혼자서 숨 쉬고 있는데. 모든 검사 결과가 괜찮다고, 안심하라고 했으면서. 무슨 마음을 어떻게 준비하라는 말인지. 수임은 의사에게 묻고 싶었지만 목이 조여들어 어떤 말도 뱉을 수 없었다.

마음의 준비 대신, 수임은 병원에 오래 머물 준비를 시작했다. 당연하게 수임이 남편 대신 직장에 휴직계를 냈다. 수임은 집에 들러 세면도구와 갈아입을 옷을 넉넉히 챙겨 왔다. 어느새 여름이 한창이었지만 햇볕에 살을 드러내고 싶지 않아 긴팔에 긴바지를 입었다. 바깥의 바람과 햇볕이 피부에 닿는다는 사실이 견디기 어려웠다. 남편은 관절염과 경증 치매로 요양병원에 있는 어머니를 병실로 데려왔다. 가끔 아이를 못 알아보는 어머니에게 굳이 알릴 필요가 있겠냐고 수임이 물었지만 남편은 어머니가 하진이를 한 번은 봐야 하지 않겠냐고 답했다. 수임은 버틸 준비를 하는데, 남편은 왜 아이를 보낼 사람처럼 구는지 이해할 수 없었다.

어머니는 아이를 보자마자 곡소리를 내며 울었지만 노환으로 마른 눈에서 눈물은 나오지 않았다. 대신 남편의 눈이 순식간에 벌겋게 끓어오르다 넘쳐흘렀다. 눈물이 남편의 턱끝에 맺혔다 수액처럼 바닥으로 똑똑 떨어져 내렸다. 수임은 자신의 부모가 아이가 태어나기 전에 죽었다는 사실이 다행인지 불행인지 가늠해보다 입술을 깨물었다. 그런 게 무슨 상관인지. 불행이든 다행이든 아이는 누워 있고, 시어머니는 엄마가 아니라서 수임은 남편처럼 눈물이 나오지 않는데.

수임은 병원에서 그해 여름과 가을을 보냈다. 여름의 산발적인 폭우와 지루한 한낮의 열기와 가을에 말라가는 나뭇잎들을 속으로 숫자를 세며 통과했다. 수임이 보기에 소아과 병동에는 자신의 아이만큼 상태가 심각한 경우는 없었다. 서로 아이 이야기를 하며 같이 울던 엄마들도 곧 퇴원하고 수임만 남았다. 수임은 더는 같은 병실 사람들과 이야기하지 않았고, 아이의 선생과 친구 부모의 연락도 받지 않았다. 수임은 아이에게만 귀 기울였다. 튜브가 삽입된 아이의 뱃속에서는 이따금 벽 깊숙이 묻힌 배관에서 흐르는 듯한 물소리가 났다. 아이가 불규칙한 사지 수축을 보일 때는 침대보가 낙엽처럼 바스락거렸다. 아이가 처음으로 잠꼬대처럼 웅얼대는 소리를 낸 날, 수임은 의사에게 면담을 신청했지만 산발적인 신체 반응은 아무 의미가 없다는 이야기를 다시 들었다. 남편은 퇴근 후 병원에 들러 수임이 저녁을 먹는 동안 병실을 지켰고, 일주일에 두어 번은 수임을 집에 보내고 병실에서 밤을 보내고 출근했다. 남편과의 교대 주기가 점점 길어지는 것 같아 한두 번 날 선 대화를 나눴지만, 산발적이고 의미 없는 감정 분출일 뿐이었다.

그해 겨울에는 눈이 배설물처럼 내렸다. 질척한 진눈깨비가 쉴 새 없이 쏟아졌다. 젖은 나뭇가지들이 눈의 무게에 고요히 부러지는 소리를 수임은 들을 수 있었다. 수임은 보조 침대에 누운 채 아이의 사고 소식을 들었던 날 빈집에 고여 있던 햇볕을 생각했다. 피부에 유리 조각처럼 박혀오던 그 열기를, 불행은 앞에서 다가오지 않고 언제나 뒤에서 덮쳐온다는 사실을 몰랐던 자신이 얼마나 순진하고 무지했는지를.

사흘 내내 내리던 눈이 잠시 그친 아침, 6인실 창가 자리로 햇볕이 깊숙이 들어왔다. 수임이 햇볕을 피해 보조 침대에서 웅크리고 잠시 졸고 있을 때 소리가 들렸다. 서걱서걱한 병원 침대보가 아주 조금씩 들썩이는 듯한, 어떤 움직임이 태동하는 소리가. 수임은 몸을 일으켰다. 더는 아무 소리도 들리지 않았다. 하지만 온 세상이 무너져 내리는 소리를, 분명 수임은 들었다. 아이가 눈을 떴다. 아이는 눈이 부신지 손을 들어 눈가를 가리기까지 했다. 엄마. 아이가 말했다.

"저 늦잠 잤어요?"

수임은 간호사를 호출해야 한다는 사실도 까맣게 잊고 아이의 손을 조심스럽게 잡았다. 수임이 고개를 저었다. 아이는 다시 눈을 감으며 말했다.

"고모가 놀아줬어요."

아이는 긴 꿈속에서 자기가 태어나기도 전에 실

종된 남편의 여동생을 만났다고 했다.

2. 퇴원

송진 가루가 노랗게 날리는 봄에 수임은 아이를 데리고 퇴원했다. 몇 주에 걸쳐 아이는 운동능력을 조금씩 회복했다. 아이가 걷기 시작하면서부터 의사는 재활치료는 집 근처 병원에서 받으면 될 것 같다고, 퇴원을 준비하라고 했지만 남편은 아이가 완전히 회복할 때까지 미루고 싶어 했다. 아이의 오른손이 안으로 살짝 굽은 채 여전히 움직임이 부자연스러웠다.

"아직 다 안 나았잖아. 원래 병원에서는 병실 로테이션 때문에 웬만한 환자는 다 내보내려고 해. 우리가 병원 입장까지 생각해줄 필요가 뭐 있어?"

남편이 아이가 다 낫지 않았다고 할 때마다, 수임은 남편이 아이의 손을 말하는 게 아니라고 생각했다.

"엄마, 아빠도 나처럼 차에 부딪친 적이 있대요. 갈비뼈가 부러졌는데 말을 안 해서 아무도 몰랐다가 다음 날 아빠가 못 일어나서 알았대."

"어디서 그런 말을 들었어?"

"고모가."

남편은 아이가 정신적 충격 때문에 헛소리를 한다고 생각했고, 담당 교수에게 정신과 상담을 잡아달라고 요청했다. 의사는 아이가 깨기 직전에는 실제 수면과 유사한 상태에서 아주 짧은 시간 동안 긴 꿈을 꿨을 수도 있다고, 꿈과 현실을 혼동하는 것은 자연스러운 현상이며 곧 좋아질 것이라고 말했지만 남편은 믿지 않는 것 같았다. 아이가 고모 이야기를 할 때마다 남편은 아이에게 말하곤 했다.

"고모는 없어. 앞으로 그런 말은 하면 안 돼."

수임은 남편이 십 년 넘게 실종 중인 여동생이 있다고 고백했던 저녁을 기억했다. 함께 살 집에 계약금을 걸고 돌아오는 길이었다. 삼분의 일은 수임과 남편의 저축으로, 남은 삼분의 이는 수임의 명의로 대출을 받기로 했다. 수임의 신용등급이 남편보다 월등히 높았다. 그때까지도 남편은 자신의 신용점수가 사회 초년생 수준도 되지 않는 이유를 제대로 설명하지 않았고, 수임의 신경은 날카로워져 있었다. 부동산 근처에서 저녁을 먹고 그들이 살게 될 동네를 한 바퀴 둘러볼 겸 산책을 했다. 역이 멀고 공원도 없는 동네였지만, 평지고 골목이 넓은 편이었다. 남편은 집보다 이 동네가 마음에 든다고 했다. 걷는 내내 남편은 수임의 손을 지나치게 꽉 쥐고 있었다. 수임의 팔이 저릿해질 때쯤 남편이 말했다.

"내가 빚이 좀 있었어. 제2금융권까지. 카드 돌려막기한 적도 있었고. 지금은 다 갚았는데 아직 점수에 반영이 안 됐나 봐."

"무슨 일로?"

"동생 찾느라고."

"동생? 동생이 있다고?"

"네가 알면 우리 집 이상하게 볼까 봐 말이 안 나오더라."

남편의 말에 따르면, 동생은 병적으로 예민하면서 예술가가 될 만큼 똑똑하진 못한 아이였다. 학교나 학원을 성실히 다니면서도 공부는 잘하지 못했고, 그렇다고 또래처럼 만화나 게임, 아이돌에 빠진 적도 없었다. 친구들과는 툭하면 싸우거나 관계가 망가졌다. 누구든 자기 몸을 건드리는 것을 끔찍하게 싫어했고, 여름에도 긴팔에 긴바지를 입고 다녔다. 고등학교는 본인이 원해서 대안학교에 갔는데, 거기서 만난 선생님을 유난히 따르게 되었다고 했다. 그 선생님의 권유로 도서부 활동을 시작하더니 방학에 집으로 돌아올 때마다 선생님이 추천해줬다며 책을 한가득 싸가지고 왔다. 어머니는 딸이 드디어 공부에 마음을 붙인 줄 알고 좋아했다. 그때 읽은 책들을 아무도 유심히 보지 않았기 때문에 했던 착각이었지만.

제목에 예수와 붓다부터, 마르크스와 니체까지 들어가 있어 겉으로 보기에는 평범한 인문 서적처럼 보였지만, 전부 한 사람이 쓴 책들이었다. 저자는 그들을 모두 공부한 뒤 자기만의 이론을 정립했다고 주장했고, 그 이론을 바탕으로 종교를 창시했다. 학교를 졸업할 무렵, 동생은 그 종교에 완전히 심취했다. 남편은 동생이 남긴 책들을 정리하면서, 한 번도 동생이 어떤 책을 읽는지 궁금해하지 않은 자신을 용서하지 않겠다고 다짐했다.

"작가가 한때 목사였다가 도를 깨우쳐서 도사가 되었다는 여자인데. 여자의 몸을 단련하면 하느님을 스스로 잉태할 수 있고, 각자가 신으로 거듭난다는 정신나간 소리를 하는 사람이더라. 단식하고 햇볕으로 에너지를 얻을 수 있다고도 하고……. 하늘로 팔을 쭉 뻗고 나무처럼 땡볕 밑에 서 있으면 어릴 때 닫힌 머리의 문이 열리고 거기로 하느님이 들어온다나……. 재연이가 그 사람이 운영하는 어디 산속 공동생활 수련원에 갔다가 연락이 끊긴 거야. 난 그때 군대에 있었는데 전화받고 미치는 줄 알았지. 수련원에서는 애가 이미 퇴소했다고, 제 발로 걸어 나가는 CCTV 영상도 보여주더래. 그 선생이란 사람은 이제 자긴 선생도 아니고, 우리 애랑은 졸업 후부터 연락 안 했다고 꼬리 자르고. 나중에 내가 신문사랑 방송국에 제보도 했었는데, 거기서 죽은 것도 아니니까 기사 몇 개 나고 말더라……. 그때 엄마 혼자 근처 산이란 산은 다 다니면서 애 찾다가 관절염이 악화되면서 혼자 움직이지도 못하게 되셨고. 나도 휴가 나올 때마다 엄마 따라 그 수련원이 있다는 산에 몇 번을 갔는지. 가서 똑같은 말 듣고, 재연이가 나가는 CCTV 확인하고 엄마가 허깨비처럼 산 헤매고 다니는 거 옆에서 부축하고. 그게 내 이십대였어. 난 이제 산은 쳐다보기도 싫다."

남편은 그날 이후로는 수임 앞에서 여동생 이야기를 꺼내지 않았다. 수임이 이제 괜찮냐고, 동생 찾는 것을 포기한 거냐고 물어봤을 때도 남편은 그렇다, 아니다 말없이 고개만 저었다. 남편의 침묵은 질기고 고집스러웠다. 이런 큰일을 연애하는 동안 한마디도 하지 않다가 결혼을 앞두고 터트리는 게 다소 괘씸했던 수임도 차츰 남편의 침묵이 고통에 비례한다고 생각하게 되었다. 남편이 겪었던 충격과 고통이 너무 컸기 때문에 그에 대해 말할 수 없을 것이라고. 그런 태도로 인해 오히려 아픈 어머니를 모시고 있는 실질적 외동아들에, 건설 장비 회사 영업직으로 건설사 임원들 접대에 온갖 시중을 드는 남자와 결혼하기로 한 결심을 수임은 확신할 수 있었다. 남편은 수임을 만나기 전까지 자기 처지에 결혼은 생각도 하지 않았다고 말하던 사람이었다. 결혼 후에 그는 어머니를 요양병원에 입원시켰고, 밤새 이어지는 술자리는 되도록 피했다. 어쩔 수 없이 술을 마시는 날이면 남편은 항상 자기 가슴을 탕탕 두드리며 말하곤 했다.

"내가, 이렇게 살려고 그런 거야. 네가 알아줘야 해. 내가 내 가정 갖고 싶어서 우리 엄마랑 동생은 묻었어. 여기에."

수임은 남편이 자기의 상황을 잘 파악하고 있다는 점이 마음에 들었다. 남편은 가만히 앉아서 대접받는 삶은 꿈도 꿔본 적 없다는 듯이 생활 전반에 성실했고 아이에게도 마찬가지였다. 수임은 남편에게 깊은 애정을 느끼지는 않았지만, 믿을 수 있었다. 작은 문제에도 마음이 곧잘 무너지던 수임에게 남편은 달진 않아도 필요한 처방 같았다.

퇴원을 고집스럽게 거부하던 남편도 막상 집으로 오는 날에는 기분이 좋아 보였다. 송진 가루가 노랗게 앉은 차창을 와이퍼로 닦아내며 남편은 드디어 지긋지긋한 병원 생활이 끝났구나, 중얼거렸다. 자기가 무슨 병원 생활을 했다고, 수임은 생각했지만 아무 말도 하지 않았다. 현관에서 아이는 잠시 서서 집을 한 바퀴 둘러보았다. 살짝 구부러진 오른손을 주머니에 꽂은 채 꼭 낯선 집에 온 듯이.

"집에 오니까 좋지?"

남편의 말에 아이는 운동화를 툭툭 던지듯 벗고 거실 협탁에 놓인 콘솔 게임기 앞으로 다가갔다. 그리고 완전히 펴지지 않은 오른손을 주머니에서 꺼내 게임기를 살짝 들어보려다 내려놓았다. 당분간은 게임 마음껏 해도 돼. 남편이 말하자 아이가 손을 다시 주머니에 꽂으며 말했다.

"이 손으로 뭘 해요."

아이는 놀러 오겠다는 친구들을 거절했다. 남편이 아이와 함께 영화를 보러 가거나 공원에 산책을 가자고 해도 고개를 저었다. 아직 바깥이 무서운가 봐. 수임이 남편에게 말하자 남편은 입술을 깨물면서 말했다.

"애가 이상해졌어."

아이는 잠이 늘었고, 방 밖으로 나오고 싶어 하지 않았다. 창문을 잠그고 커튼을 쳐두었다. 수임은 아이가 어렸을 때 사용하던 토끼 인형 모양 홈 캠을 아이의 방 한편에 설치한 뒤 인형의 눈으로 아이의 방을 들여다보기 시작했다. 그동안 마이크가 고장 났는지 소리는 전송되지 않았다. 아이는 침대에 누워서 천장을 바라보고 있을 때가 많았다. 입술을 달싹이며 혼잣말을 하는 것도 같았다. 그러다가 몸을 벌떡 일으켜서 책상에 앉았다. 그리고 책상 한구석에 빼곡히 들어가 있던 논술 수업용 청소년 인문 서적 전집을 꺼내더니 제자리에서 한 권씩 읽어나갔다. 수임이 아이가 책을 읽는다고 말하자, 남편은 수임에게 대뜸 소리를 질렀다. 아픈 애한테 뭘 그런 걸 읽혀?

아이는 좋아하던 돼지갈비를 먹으러 가자는 말

에도 고개를 저으며 말했다.

"돼지는 깨끗하고 똑똑한 동물이에요. 전 이제 안 먹을래요."

남편은 아이에게 도대체 그런 말을 어디서 들었냐고 물었다.

"고모가 학교 다닐 때 돼지 키워봤는데, 사람도 다 알아본대요."

남편이 아이의 어깨를 붙잡았다.

"너, 아빠가 그런 얘기하지 말라고 했어, 안 했어?"

"했어요."

"근데 왜 자꾸 해?"

"고모만 있었어요, 그때. 엄마 아빠는 없었잖아요."

아이는 조금도 움츠러들지 않고 말했다.

"내가 아프고 외로울 때, 고모만 있었어요. 옆에."

아이는 남편의 손아귀에서 벗어나 자기 방으로 들어가며 말했다. 저는 밤식빵 사다 주세요. 고모가 먹고 싶대요.

"야, 임하진. 너 이리로 안 나와?"

남편이 닫힌 방문 앞에서 소리쳤지만 아이는 아

무런 대꾸가 없었다. 수임은 남편을 이끌고 집을 나왔다. 수임이 돼지갈비를 굽는 동안 남편은 말없이 소주를 들이켰다.

"아픈 애한테 소리는 왜 질러?"

수임이 말하자 남편은 핏줄이 벌겋게 터진 눈으로 수임을 바라봤다.

"내 속은 어떻겠냐?"

"애가 외로웠대잖아. 그 말을 듣는데 아무렇지도 않았어?"

"그게 무슨 말도 안 되는 소리야. 우리가 옆에 없었어? 병실에서 매일 몸 닦아주고, 돌려 눕혀주고, 엄청난 병원비 댄 게 누군데?"

"꿈이 애한테 더 현실같이 느껴졌나 봐. 그럴 수 있잖아."

"깬 지가 언젠데. 벌써 몇 달이나 됐는데, 아직도 그런 소리를 해?"

그날 남편은 술을 마시다 말고 자리에서 일어났다. 이대로 집으로 들어가면 속이 썩을 것 같다면서. 수임은 남편이 어디로 가는지 묻지 않고 새까맣게 타고 있는 갈비만 바라봤다. 주위에서 사람들이 끝없이 떠들며 찌개를, 반찬을, 고기를 주문하는 소리가 얇은 장막 밖으로 밀려난 것 같았다. 수임도 아이가 낯설었다. 전처럼 게임을 하지도 않고, 애니메이션을 보지도 않고, 밥 먹기 싫다고 떼를 쓰지도 않으며 수임에게 안기고 싶어하지도 않는 아이가. 한 번도 보지 못한 고모 이야기를 마치 잘 아는 사람처럼 이야기하는 아이가. 그럼에도 남편처럼 화를 낼 수도 없었다. 남편이 처음 실종된 여동생이 있다는 말을 했을 때 수임은 생각했다. 이상한 종교에 빠진 가족이라면, 그것도 시누이라면, 있는 것보다 없는 게 낫지. 가족을 잃은 남편의 슬픔에 대한 안쓰러움은 나중에 찾아왔다. 아니, 안쓰러움이 아니었다. 안된 일이다. 안된 일. 그렇게 생각하고 말았다. 존재도 모르던 남편의 여동생이 스스로 자초한 불행까지 안타까워할 여력이 없었다. 어쩌면 고모는 아주 오래전부터 수임의 가족 주변을 맴돌고 있었을지도 모른다는 생각이 불현듯 들었다. 복수할 틈을 노리고 있다가 아이가 아플 때를 기회 삼아 파고든 게 아닌가.

수임이 밤식빵을 사서 돌아오자 아이는 그대로 가지고 자기 방으로 들어갔다. 수임은 부엌에 앉아서 핸드폰으로 아이의 방을 보았다. 아이는 두 손으로 밤식빵을 뜯어 먹었다. 아이의 오른손에서 맥없이 빵 조각들이 바닥으로 떨어졌다. 빵을 순식간에 다 먹은 아이는 손가락을 하나씩 빨았다. 수임은 당장 아이의 방으로 들어가 떨어진 부스러기를 닦고 아이에게 왜 칼과 포크를 쓰지 않냐고, 왜 손을 화장실에서 닦지 않냐고 묻고 싶었지만, 움직일 수 없었다. 아이가 카메라를 보며 천천히 손을 흔들었다.

3. 주문

다시 커뮤니티센터 옥상의 수풀이 무성해진 초여름이 되면서 수임은 아이와 함께 지역 체육센터에서 수영을 배우기 시작했다. 아이의 굽은 손은 수영할 때 오히려 물갈퀴 같은 역할을 했다. 아이는 수영장에서 만난 또래 아이들과 잘 지냈다. 아이가 여전히 힘이 들어가지 않는 오른손으로 무심코 샤워 가방에서 샴푸를 꺼내다 떨어뜨리면, 주변에 있는 다른 아이들이 도와준다고 했다. 수임은 드디어 지난 일 년을 예외적으로 불행했던 시간이라고 명명하고 과거에 수납할 수 있겠다는 생각이 들었다. 아이는 여름이 끝나면 다시 학교로 돌아갈 것이고, 지금처럼 주변 친구들의 도움을 적당히 받아가면서 지내게 되겠지. 수임도 회사에 복직 상담을 했고, 아이의 개학까지 휴직을 연장하는 대신, 연봉도 경력도 많이 깎이겠지만 재입사 형식으로 복귀 가능하다는 답변을 받았다. 아이는 적어도 남편 앞에서는 다시 고모 이야기를 꺼내지 않았고, 남편도 평소처럼 아이와 함께 애니메이션을 보고, 게임을 해주며 시간을 보냈다. 이제 다시 삶이 제대로 굴러갈 일만 남았다고 수임은 믿었다. 아이의 옷장 밑에서 부적을 발견하기 전까지는.

그날은 아이가 퇴원 후 처음으로 혼자 놀이터에 다녀오겠다고 나간 날이었고, 수임은 오랜만에 집에 혼자 있게 되어 왠지 몸을 가만히 둘 수 없었다. 거실 창 앞에 우두커니 서 있을 틈을 주고 싶지 않았다. 수임은 집안의 온갖 구석을 헤집었다. 구석에 웅크리고 있는 어둠을 전부 털어내버릴 기세로, 소파를 밀고 바닥을 기어가며 손걸레질을 했다. 아이의 방은 오랫동안 환기를 시키지 않아 묵은 살냄새가 났고 한낮에도 어두웠다. 수임은 창문부터 열었다. 빛이 곧바로 수임의 눈을 찔러왔다. 아이의 책상에는 태블릿피시만 놓여 있었다. 이제 아이는 책을 읽지 않았다. 전처럼 태블릿피시를 들여다봤다. 게임을 하는 것 같지는 않았고, 무언가를 보는 것 같았다. 어떤 때는 한두 시간 동안 보이지 않는 줄에 묶여 있는 것처럼 책상에 못 박히듯 있을 때도 있었다. 아이는 침구를 바꾸는 것도 허락하지 않았다. 초여름에도 압축 솜이 들어 있는 극세사 이불을 덮었다. 이불에서는 땀 냄새가 났다. 수임은 청소기를 돌리고 걸레질을 시작했다. 침대 밑과 책상 뒤까지 전부 닦고, 옷장의 얕은 틈에 수건을 겨우 밀어 넣어 먼지를 닦아냈다. 그때 아주 가벼운 것이 툭, 바닥으로 떨어지는 소리를 수임은 분명히 들었다. 핸드폰 플래시를 켜서 바닥을 비춰보니 안쪽에 얇은 종이 한 장이 떨어져 있었다.

"이게 뭐야?"

퇴근 후 안방에서 옷을 갈아입는 남편에게 수임이 방문을 닫으며 물었다.

"보면 몰라?"

"왜 이런 걸 애 방에 갖다 놨어? 나 몰래?"

"뭘 너 몰래야. 너 그 토끼로 애 방 보고 있었잖

아. 근데 왜 몰라?"

"내가 온종일 애만 보고 있어?"

"그러려고 휴직한 거 아냐?"

남편은 싸우기로 작정한 사람 같아 보였고, 수임은 부적을 침대에 내려놓았다.

"어디서, 얼마 주고 이런 걸 받아 왔어?"

"내 개인 용돈이니까 신경 쓰지 마."

"왜 어디서 받아 왔냐는 질문은 피해?"

"네가 말하면 알아? 내가 뭐, 우리 애한테 저주를 걸겠냐? 다 도움되라고 받아 온 거야."

"도대체 무슨 얘기를 했길래 부적까지 써주냐고. 부적이 한두 푼 하는 게 아닌 거 나도 아는데."

"그냥, 좀, 넘어가면 안 돼? 너 날 몰라? 애가 하도 안 나으니까 답답해서 그런 거잖아."

"뭐가 안 나아. 점점 밖으로 놀러도 가고, 예전 친구들도 만나고, 조금씩 나아지고 있는데."

"아직 고기도 안 먹고, 손도 아직…… 그대로잖아."

남편은 한숨을 섞어가며 말했고, 수임은 한숨으로 위장한 말 뒤로 분명 병신……이라 말하는 작은 소리를 들었다고 생각했다.

"너 지금 뭐라 그랬어?"

남편은 한숨을 길게 쉬었다.

"의사도 신경이 안 돌아올 이유가 없다고 그러는데. 그 부분은 수술한 부위와 전혀 관련 없다고 한 소리, 넌 못 들었어? 안 나을 이유가 없는데 안 낫는 게 안 불안해?"

"뭐가 그렇게 불안해. 한 손이 조금 불편해도 얼마든지 잘 살 수 있어."

남편은 발목까지 내린 바지를 걷어차듯 벗어내며 말했다.

"재연이랑 똑같아."

"뭐?"

"재연이도 오른손이 불편했어. 어렸을 때 다쳐서."

남편은 팬티만 입은 채 침대에 걸터앉아 부적을 물끄러미 바라봤다.

"나 때문에. 내가 어린 재연이 안아주다 떨어뜨렸거든."

남편이 여덟 살 때 여동생이 태어났다고 했다.

아버지는 어릴 때 집을 떠났고 어머니는 혼자서 과일 도매상을 운영하고 있었다. 새벽부터 도매시장에 들러 장사를 시작했고 퇴근길에 집에 과일 한 봉지 사가려는 사람들을 위해 늦게까지 문을 닫지 않았다. 어머니는 오랫동안 자신이 임신한 사실을 눈치채지 못했고, 아이를 낳기 전까지 일을 쉬지도 않았다. 어머니는 어린 아들에게 어떤 설명도 하지 않고 대뜸 동생을 맡겼다. 남편이 학교에서 돌아오면 어머니는 바로 아기를 넘기고 종종걸음으로 가게로 나갔다. 남편은 물론 처음에는 아기가 싫었다. 그악스러운 울음소리도, 트림에 밴 시큼한 분유 냄새도, 물컹한 똥 기저귀를 갈아주는 일도. 하지만 동생이 남편을 보며 웃고, 엄마가 아닌 오빠를 가장 먼저 말했을 때 남편은 이미 아이를 너무 사랑해서 조금 곤란할 지경이었다.

남편은 지금도 그날을 정확히 기억하고 있었다. 당시 살고 있던 시장 초입 상가의 2층 방을. 곰팡이가 슨 미색 벽지와 비닐 장판의 끈적함, 여름의 열기와 시장의 소음들, 그리고 리어카의 바퀴가 굴러가며 온갖 쓰레기와 젖은 채소를 뭉개는 소리를.

일주일에 한 번, 그 집으로 학습지 선생님이 찾

아왔다. 곱슬머리의 젊은 남자 선생님이었다. 남편은 선생님이 오기 전에 아기를 안방에 재워놓았지만 아기가 잠투정이 심한 날이면 어쩔 수 없이 아이를 안은 채 수업을 받았다. 선생님은 자기도 곧 아빠가 된다며, 남편이 문제를 푸는 동안 능숙하게 아이를 받아 안고 조금씩 반동을 주며 얼렀다. 남편은 선생님의 능숙한 자세와 곧은 허리와 넓은 어깨를 보며 처음 느껴보는 열기에 휩싸였다. 질투, 열등감, 자기는 동생의 아버지가 될 수 없다는 자격지심. 그런 것들이었을 거라고 남편은 말했다. 그날따라 남편은 문제를 더디게 풀었고, 간단한 산수와 받아쓰기를 틀렸다. 남편은 선생님의 품 안에서 졸고 있던 아기를 서둘러 받아 들었다. 선생님이 빨간 색연필로 채점을 하는 동안 남편은 자기가 할 수 있을 것이라는 확신에 휩싸여 두 팔로 아기를 안은 채 일어서서 선생님처럼 아래위로 흔들었다.

"재연이는 다른 사람들이 자기 손을 쳐다볼까 봐 항상 주머니에 넣고 다녔어. 하진이도 그러는 거 몰랐어?"

"사람은 보통 아픈 데를 가리고 싶어 해. 그게 뭐가 문제야?"

"재연이랑 하는 짓이 똑같잖아. 책에 빠져들더니, 갑자기 밖으로 나돌아다니고……. 공원에서 하진이가 뭐 하는지 알아? 그냥 햇볕 아래서 가만히 있어. 다른 애들처럼 놀지도 않고. 억울한 혼령은 잘 달래주면 된대. 재연이한테도 하진이한테도 해될 거 없어."

그게 문제가 아니라…… 해가 된다는 게 아니라……. 수임이 말을 고르며 부적을 보고 있을 때 문이 열렸다. 아이였다.

"안 억울해요."

방 밖에 선 아이가 말했다.

"고모는 아빠 안 미워해요."

부적이 남편 손에서 사뿐히 구겨졌다.

4. 그곳

수임은 아이의 방을 다시 들여다보기 시작했다. 남편이 수임의 핸드폰을 가져가더니, 바보야? 스피커를 자기가 꺼놨네, 말하며 돌려주었다. 지난 영상의 소리가 다시 들리기 시작했다. 아이가 침대에 누워서 혼자 중얼거린 말들은 혼잣말이 아니었다. 아이는 끝없이 대답하고 있었다. 누군가에게. 아니, 고모에게.

그냥 그래. 물이 항상 너무 차가워. 냄새도 나고. 응, 나도 알아. 고모는 수영 안 보내줬다며.

아이가 말할 때는 둘 중 하나였다. 고모에게 대답하거나, 가만히 앉아서 태블릿피시를 보고 있을 때. 아이는 화면을 읽고 있었다. 작고 빠른 목소리로, 숨을 고르지도 않고 단숨에 온갖 뉴스 기사와 그 댓글까지 읽어 내려갔다. 컴컴한 방 안에서 아이의 목소리는 전혀 다른 사람의 것처럼 들렸다. 수임은 확신했다. 아이가 귀신에 들렸다. 고모라는 사람이, 아니 귀신이 아이를 물고 놔주지를 않는구나. 아이는 수임이 자기를 보고 듣고 있다는 것을 개의치 않았다. 수임이 수시로 방문을 열고, 억지로 창문을 열어두어도, 빙긋 웃기만 했다. 그럴 줄 알았다는 듯이. 자기는 아무렇지 않다는 듯이.

"너 왜 그래?"

손으로 빵을 뜯어먹는 아이에게 수임이 묻자 아이는 고개를 갸우뚱거렸다. 오른쪽으로, 왼쪽으로 머리를 끝없이 꺾었다. 내가 뭘? 아이가 어렸을 때 수임을 놀리기 위해 곧잘 하던 행동이었지만, 수임은 전처럼 웃음이 나지도, 아이가 귀여워서 안아주고 싶은 생각이 들지도 않았다. 남편은 아이에게 더는 고모 이야기를 그만하라는 말을 하지 않았다. 집에 늦게 들어왔고, 주말에도 회사에 간다거나 약속을 만들어서 나갔다. 집 밖으로 나돌 수 있어서 좋겠네. 수임은 생각했다.

최고기온이 예보된 주말을 앞둔 금요일에 수임과 남편이 서로 잠들기를 기다리며 누워 있는 방으로 아이가 찾아왔다. 아이는 할머니와 함께 다 같이 갈 곳이 있다고 말했다. 남편은 아이에게 더 묻지도 않고 마치 그 말이 고모가 아이를 놓아주겠다는 약속이라도 된 듯 다음 날 요양병원에 외출 신청을 했다. 구름이 켜켜이 쌓이고 해가 뜨거운 토요일 아침, 그들은 수련원이 있던 산으로 향했다. 차로 한 시간가량 북쪽으로 올라가야 했다. 남편은 네비게이션도 켜지 않고 운전했고, 어머니는 눈을 반쯤 감고 졸다가 갑자기 여기가 어디냐, 하고 소리를 질렀다.

"재연이 보러 가요."

남편은 어머니가 몇 번이고 물어도 꼬박꼬박 대답했다.

"재연이가 왔냐?"

어머니가 말하면 남편은 또 대답했다.

"이제 만나러 가요."

남편은 아이가 알려주는 장소에서 고모의 시체를 찾게 될 것이라고 믿는 것 같았다. 수임은 문을 활짝 열어놓은 도로변의 식당들을 보며 손님이 정말 없는 모양이라고 생각했다. 저렇게 문을 열어두다니. 누구라도 들어오라고 읍소하는 것 같잖아. 수임은 자기에게 그럴 권리가 없다는 것을 알면서도 순간 우월감을 느꼈다. 남편의 십 년 된 승합차에, 헛소리를 하는 시어머니와 고모의 혼령이 씐 듯한 아이와 함께 저 북쪽의, 이상한 종교의 창시자가 세운 수련원이 있었다는 산으로 가는 길이면서도.

남편은 익숙한 듯 등산객들을 위한 공영 주차장에 차를 대고 휠체어를 펼쳤다.

"갈 수 있는 만큼만 가고 그다음에는 내가 업고 갈게."

남편은 익숙하게 어머니를 안아서 휠체어에 앉혔다. 그러고 보니 남편은 결혼 후 지금까지 한 번도 수임에게 같이 어머니를 보러 가자는 말을 한 적 없었다. 수임이 먼저 말을 꺼내기 전에는 항상 남편이 혼자 다녀왔었다. 처음에는 배려라고 생각했는데 일종의 배타였다는 것을 수임은 이제야 알 것 같았다.

아이는 뛰듯이 산을 올라갔다.

"고모가 여기를 많이 보여줬어요. 이 산은 쌍둥이 산이래요. 중간에 깊은 골짜기가 있어서 꼭 산이 두 쪽으로 나눠진 것처럼 보여서 그렇대요. 일본 사람들이 여기에 구리광산을 팠는데, 광산이 그렇게 깊지 않은데도 사람들이 많이 죽어서 신사를 만들었고, 그게 나중에 수련원 터가 된 거예요. 전쟁 때는 징병 피하려고 광산에 아들들을 숨겨서 딸들 시켜서 먹을 거 날라서, 딸들이 고생이 많았대요. 고모는 예전이나 지금이나 아들 가진 엄마들은 다 똑같다고, 엄마도 똑같을 거래요."

"걔는 참, 아직까지 그런 소리를 하냐."

남편은 고모가 살아 있는 사람처럼 말했다.

등산로는 잘 닦여 있는 편이었지만, 수련원으로 가는 길은 산허리 즈음에서 방향을 완전히 틀어야 했다. 훨씬 가파르고 돌도 많은 길이어서 휠체어를 한쪽에 둔채 남편은 어머니를 등에 업고 걷기 시작했다. 남편의 흰 셔츠는 이미 흠뻑 젖어 살이 투명하게 비칠 정도였다. 아이만이 여전히 뛰는 듯한 발걸음으로 앞서가고 있었다. 수임은 수영할 때처럼 차오르는 숨을 천천히 고르게 뱉으려고 애쓰며 뒤를 따랐다. 덤불과 나무가 한데 어우러져 산 전체가 거대한 덩굴 같았다. 아이는 완전히 폐허처럼 변한 수련원 앞에 잠시 멈춰 섰다가 건물 뒤를 돌아 다시 산을 오르기 시작했다.

아이가 멈췄다. 무성하던 나무 터널이 누가 싹둑 자른 것처럼 끝나고 쌍둥이 산의 까마득한 골짜기를 내려다보는 절벽이 나왔다. 남편은 땀이 뚝뚝 떨어지는 등에서 어머니를 미끄러트리듯 내려놓은 뒤, 잠시 허리도 펴지 못하고 숨을 골랐다. 그리고 절벽 너머를 쳐다보며 물었다.

"너 여기 있어?"

아이는 남편을 쳐다보며 어깨를 으쓱하고는 절벽이 내려다보이는 바위에 걸터앉아 다리를 달랑달랑 흔들기 시작했다. 위험해! 수임이 소리를 질렀지만 아이는 수임의 목소리가 닿지 않는 곳에 있는 것처럼 휘파람을 불었다. 어디선가 들어본 적 있는 멜로디였다. 학교 음악 시간에 배운 가곡 같기도 하고, 옛날 CF의 광고 노래 같기도 했다. 어머니가 엉덩이로 바위를 기어올라 아이 옆에 앉았다. 남편이 어머니 옆에 앉았다.

수임은 그들의 등 뒤에서 여전히 서 있었다. 어머니도 남편도 다리를 달랑거리기 시작했다. 그들 셋이 갑자기 절벽 아래로 추락해버릴까 봐 두려워 수임은 발을 땅에 단단히 붙였다. 아니, 자기가 그들을 저 너머로 차례차례 밀어버릴까 봐. 뒤꿈치가 저릿했다. 멀리서 공명이 긴 새 울음이 들렸다. 아이의 목소리라고는 믿기지 않은 높고 매끄러운 목소리가 말했다.

"내가 있는 곳은 모르는 게 나아. 그동안 나 별로 찾지도 않았잖아. 찾는 척만 했지. 내가 제일 좋아하는 장소니까 가끔 와줘. 그래도, 가족이니까."

그 가족에 자기가 포함되지 않는다는 사실을 곱씹으며 수임은 먼저 산을 내려갔다. 수임은 폐건물 앞에서 멈춰 섰다. 잡풀이 무성한 너른 마당에 고모처럼 사라진 사람들의 그림자가 엉겨 있는 것 같았다. 수임은 걸치고 있던 얇은 카디건을 벗고 팔을 하늘로 뻗었다. 햇볕을 머리부터 흠뻑 받았다. 무언가 들어오는 것 같기도, 혹은 솟아오르는 것 같기도 했다. 몸속에 있다는 혹들이 무럭무럭 자라고 있는 걸까. 회사에 복직하면 건강검진부터 신청해야겠다고 수임은 생각했다.

꿈속의 살인

나는 캐리어를 끌고 자작나무가 끝없이 늘어선 숲을 걷고 있었다. 자작나무에 박힌 무수한 검은 눈이 나를 따라 움직이는 것 같았다. 캐리어의 무게로 발이 꺼지고 팔이 휘었다. 바퀴가 돌이나 나무뿌리에 걸릴 때마다 캐리어 안에서 질척하고 둔탁한 소리가 났다. 안에 무엇이 들어 있는지 나는 모르면서 알았다. 자작나무 아래에서 숨을 고르며 캐리어를 열었다. 발목을 꺼내고 나무 아래에 묻었다. 해야 할 일이 있었다. 그런 식으로 캐리어의 절반쯤 비우니 어느새 자작나무 군락이 끝나고 거대한 화살촉처럼 곧게 솟은 소나무들이 나왔다. 유독 붉고 곧은 소나무 밑에서 땅이 고른 자리를 찾아 캐리어를 열었다. 손이 툭 떨어졌다. 약지에서 빗금무늬 금반지가 반짝였다. 엄마가 절대 빼놓지 않는 결혼반지를 나는 바로 알아보았다. 내가 엄마를 죽였구나. 이번에는 조각냈구나, 엄마를. 나는 그 사실을 당연하게 받아들였다. 엄마의 손을 묻기 전에 반지를 빼고 싶었다. 거기서까지 이건 필요 없잖아. 검붉게 부풀어오른 손가락에서 반지는 빠지지 않았다. 손의 살점을 몇 번이나 긁어내다가 포기했다. 아. 나는 깨달았다. 주머니에 커터 칼이 있었지. 엄마는 식구들의 생일에 항상 족발을 삶았다. 온갖 한약재를 넣은 검은 물에 푹 삶긴 족발을 커다란 칼로 몇 번이고 내려쳤다. 그 물컹하고 끈적이는 살을 나는 분명 싫어했는데. 나는 엄마를 따라 하는 아이처럼 어설프게 칼을 내리쳤다. 손가락은 쉽게 잘리지 않았다. 큰 새가 날아와 내 머리 위 나뭇가지에 앉았다. 새가 엄마의 손을 노리고 있었다. 칼이 들어갈 때마다 손가락은 계속 부풀어오르는 것 같았다. 뼈가 부러지듯 잘리고 마지막으로 살점이 떨어지고 나서야 나는 손가락을 주머니에 넣고 손을 묻었다. 캐리어를 닫으면서 저 깊은 어둠 속에서 감지 못한 눈을 보았다. 그 눈이 내게 말했다. 기어이 네가 나를 죽이는구나.

*

아침에 일어나니 몸이 땀으로 축축했다. 약통부터 확인했다. 분명 금요일 칸이 비어 있었다. 수면제를 다시 복용한 이후로 하루도 거르지 않았고 그동안 기억에 남을 만한 꿈을 꾼 적도 없었다. 내가 또 뭘 잘못했지. 공기가 탁해지는 느낌이 들었다. 순식간에 방 안 가득 락스 냄새가 퍼졌다. 반쯤 열린 화장실 문 너머로 엄마의 주문 같은 중얼거림이 들려왔다.

청소를 한 번도 안 했나. 어이구. 이 물때 좀 봐라.

엄마가 쪼그려 앉은 채 솔로 화장실 바닥을 문지르고 있었다. 언제부터 엄마는 사람을 옆에 두고도 혼잣말하는 사람이 되었을까. 일주일 전 엄마는 큰 캐리어를 끌고 내 원룸으로 왔다. 엄마가 살던 전셋집이 경매에 넘어갔다고 했다. 집을 여러 채 구매하고 전세금으로 주택담보대출을 돌려막기하다 이자를 감당 못해 집이 경매로 넘어간 전형적인 전세사기였다. 그나마 엄마가 급식 도우미로 일하러 가는 초등학교가 여름방학 중이어서 당분간은 집을 구할 시간을 벌 수 있었다.

내 집에 온 첫날 엄마는 싱크대를 닦았고 다음 날은 옷들이 뒤엉켜 걸려 있는 옷장을 정리했다. 책상과 침대, 창틀을 차례로 건드린 다음이 화장실이었다. 엄마의 이불은 책상 밑에 꼭 맞게 개켜져 있었다. 그곳이 엄마의 이부자리였다. 엄마가 누울 자리가 모자라 책상에서 의자를 빼고 남은 공간에 머리를 넣어야 했다. 내 침대에서 보면 엄마의 어깨 위로는 책상에 가려 목부터 뚝 잘린 것처럼 보였다. 엄마에게 그 안으로 발을 뻗는 게 낫지 않겠냐고 물었더니 엄마는 책상 밑이 안락하고 좋다고 했다.

"너 어릴 때, 툭하면 삐쳐서 책상 밑에 들어가 있었던 거 기억나? 그때는 재가 누굴 닮아서 저러나 그랬는데, 이제 네가 왜 그랬는지 알 것 같네. 답답하기도 한데 안심이 돼. 관에 들어가면 이런 느낌일까?"

불길하게 무슨 소리냐는 내 대꾸에 엄마는 사람은 다 죽어, 하고 말했다. 누가 그걸 몰라. 엄마는 늘 당연한 말을 자기만 아는 진리처럼 말하네. 나는 조용히 투덜거렸다.

엄마는 살던 집에서 정말 나가야 될 때까지 내게 아무 말도 하지 않았다. 엄마가 무슨 생각이었을지 짐작이 갔다. 어떻게든 방법이 있겠지, 설마 자기가 잘못한 게 아무것도 없는데 쫓겨나기야 하겠나. 그러면서 잘 알아볼 생각도 없이, 정말 무슨 일이 일어나고 있는지 까맣게 모른 채로 집이 경매로 넘어갈 때까지 그 집을 쓸고 닦았을 것이다. 엄마는 아빠가 다른 여자랑 살겠다고 집을 나간 지 십 년이 지나가는데도 아빠와 살던 집에 고집스레 남아 있었다. 혼자 살기에는 큰 집인데다, 엄마가 일하러 가는 학교와도 멀어서 몇 번이나 이사를 권했는데도 생각해보겠다는 말만 하고는 계절마다 인테리어를 바꾼다며 수선을 떨었다. 전세금이 올랐다고 내게 돈을 빌리기까지 했다. 그 집에는 그러니까, 많지는 않아도 내가 일을 시작하고 모은 돈이 거의 전부 들어가 있었다. 엄마는 내가 잃은 돈에 대해서는 한마디도 하지 않았다. 엄마가 피해자여야만 당당할 수 있으니까.

진동 소리가 들렸다. 내 책상 위에 놓인 엄마의 핸드폰이었다. 그 옆에 엄마가 벗어놓은 반지가 보였다. 핸드폰이 제자리에서 조금씩 벗어나며 드륵드륵 내 책상을, 아니 내 방을 뒤흔들었다. 엄마는 결혼반지를 계속 끼고 다녔다. 아빠도 그 반지를 뺀 적이 없다고 했다. 다른 여자를 만나러 다니는 동안에도. 나는 그런 행동이 아빠가 얼마나 우리를, 아니 엄마를 우습게 생각하는지 적나라하게 보여준다고 생각했지만 엄마는 여전히 아빠가 돌아오기를 바랐고, 결말이 나지 않는 드라마의 주인공처럼 굴었다.

나는 엄마를 이해할 수 없었다. 우리는 사이좋은 가족이 아니었다. 엄마와 아빠는 싸울 때 말고는 거의 말을 하지 않았다. 가족여행은 여름마다 펄이 넓어 물이 탁한 해수욕장에서 보내는 이박 삼일의 휴가가 전부였다. 그마저도 아빠는 늘 옆 텐트들을 기웃거리며 자기처럼 혼자 어슬렁거리는 남자를 찾아냈다. 아이들과 함께 물놀이를 해주거나 아내와 나란히 앉아 이야기를 나누거나 과일을 먹는 남자들 사이에, 항상 아빠처럼 아내와 아이들에게서 몇 발자국 떨어져 나와 어색한 몸짓으로 주변을 맴도는 남자들이 있었다. 아빠는 그런 남자들 곁에 슬그머니 다가가 몇 마디 나누다 곧 함께 술을 마시러 사라졌다. 그런 아버지를 둔 아이들은 서로 친해질 수 없었다. 내가 혼자 물에서 노는 동안 엄마는 멀찍이 앉아서 나를 보고만 있었다. 햇볕이 몸에 달라붙는 것도 짜증 난다는 듯한 얼굴로.

락스 냄새를 빼려고 창문을 열었다. 주말인데도 앞 건물 사무실의 불이 켜져 있었다. 방충망까지 완전히 젖히고 아래를 내려다보았다. 오피스텔은 4층이었고, 창문은 내 머리가 겨우 들어갈 만큼만 열렸다. 설령 여기서 떨어진다고 한들 꿈에서처럼 엄마의 몸이 조각날 정도로 깨지긴 힘들 것이다. 화장실에서 샤워기 소리가 들리기 시작했다. 비가 많이 오는 여름이었다. 구름 사이로 옅게 들어오는 햇볕을 향해 손바닥을 펴보았다. 주름이 더 깊어진 것 같은 두 손을 물끄러미 바라보았다. 나는 꿈에서 사람을 죽인다. 그리고 내가 죽인 사람은 스스로를 죽인다.

*

저주의 시작은 나겸이었다. 우리는 스무 살에 입시학원에서 만났다. 명문 사립대학교 근처에서 고층 건물 두 채를 쓰고 있던 학원이었다. 한 동은 일반 입시학원이었고, 재수생 전용인 나머지 한 동은 기숙사형으로 학생들이 입소하는 순간 현관에 자물쇠를 채웠다. 건물 안에 침실과 샤워실, 급식소가 있었고, 자체 운영하는 매점과 성의 없이 화분 몇 개로 꾸며놓은 옥상정원도 있긴 했다. 외출은 주말에 허가를 받아야만 가능했다. 그 학원에는 새벽마다 옥상에 올라 대학교의 정문을 바라보며 절을 세 번 하면 입시에 성공한다는, 출처가 수상한 전설이 돌았다. 그 때문이었는지 밤새 공부를 하는 아이들은 종종 새벽에 옥상에 올라갔다 내려오곤 했다. 나와 나겸도 옥상에 자주 올라갔다. 물론 절을 하기 위해서는 아니었고 담배를 피우기 위해서였다. 우리는 처음부터 서로가 의욕이 없는 상태라는 것을 바로 알아보았다. 항상 강의실 뒷자리에 앉았고 중위권 대학이 목표인 반에 있었다. 쉬는 시간에 우리는 제일 먼저 강의실에서 벗어나 지하에 있는 매점으로 갔다. 줄을 서는 동안 나겸은 자신의 진짜 이름을 말해주었다. 나겸이 아니라 낙, 염, 이라고 했다. 떨어질 낙에 불꽃 염 자로 자기는 하늘로 솟지도 못하는 불꽃이라고 말했다.

"딸 이름을 이렇게 짓는 부모가 제정신일까?"

나겸의 부모는 그 이름을 철학관에서 받아 왔는

데, 당시에는 신기가 다했으나 한때 용한 박수무당이었다는 자칭 도사가 태어날 아이 사주에 불이 많은 운명이라며, 이름을 그렇게 지어야 화를 면할 수 있다고 했다. 나겸은 자신의 이름이 끔찍하게 싫었고 대학에 합격만 하면 부모 모르게 개명 신청부터 할 계획이라고 했다. 부모는 나겸이 크면서 조금만 다치거나 아파해도 불안해했고, 나겸은 어릴 때부터 원하는 것을 갖기 위해 자기를 다치게 하는 법을 터득했다. 나겸은 부모가 자신을 사랑한다는 것을 너무 잘 알지만, 때로는 그 때문에 괜히 자기를 파괴하고 싶은 마음이 든다고 했다.

나는 나겸의 말을 다 이해하지 못하면서도 고개를 열심히 끄덕였다.

"그 도사가 나는 스무 살만 넘기면 된다고 했대."

"올해잖아."

"그러니까, 올해 넘기고 개명하면 아무 문제없는 거지."

"그런 말 안 믿는 거 아냐?"

"믿음은 보수적으로 가져야 해. 손해볼 건 없잖아."

나는 나겸에게 내 부모 이야기도 했다. 같이 살

때 행복하지도 않았으면서 아빠가 집을 나간 뒤부터 엄마는 우울증 약을 먹더니 이상한 강박이 생겼다고. 매일 집을 쓸고 닦으며, 학교 급식실로 일을 나가면서도 피부 관리와 시술에 돈을 쓴다고. 날이 갈수록 얼굴에 광택이 도는 엄마를 보는 것이 끔찍하다고도 말했다. 엄마는 나를 볼 때마다, 여드름으로 붉게 패인 피부에 좋다는 팩을 매일 하라고 잔소리했고, 나처럼 굵은 허리를 가늘게 만드는 데 효과가 좋다며 돌기가 달린 커다란 훌라후프를 사 오기도 했다. 나겸도 고개를 끄덕이며 내 이야기를 들었다. 우리는 봉지에 든 햄버거를 사서 전자레인지에 돌렸다. 나겸은 자기가 햄버거를 봉지째 전자레인지에 데워 먹는 모습을 엄마가 보면 기절할지도 모른다고 말하며 햄버거를 크게 베어 물었다. 우리는 부모의 강박과 염려가 닿지 않는 곳에서 태평했다.

나는 나겸이 좋았다. 나겸의 이야기를 듣다 보면 모든 일이 우습게 느껴졌다. 손에 자기가 신던 슬리퍼를 끼우고 아이들 뺨을 때리는 선생도 우스웠고, 뺨을 맞고 쓰러져서 선생의 발가락 양말 위에 토를 한 애도 우스웠다. 나겸이 웃지 않을 때는 남자 친구에 관한 이야기를 할 때뿐이었다. 나겸에게는 기숙학원에 들어오면서 떨어지게 된 남자 친구가 있었는데 고등학교 1학년 때부터 사귀었다고 했다. 나겸은 그 남자애가 자기가 기숙학원에 있는 동안 다른 여자를 만날까 봐 불안해했다.

"걔가 정말 다른 여자를 만난다면 걔가 그 정도의 인간인 거지. 오히려 그런 인간 거를 수 있어서 잘된 거야."

내가 말하면 나겸이 너 연애 못 해봤지? 하고 되물었다. '안 해'도 아니고 '못 해'라니. 그 말에 기분이 상했지만 나는 응, 맞아, 나 연애 못 해봐서 잘 몰라, 대답했다. 그럼 나겸은 언니 같은 미소를 지으며 조금 더 크고 오라고 말하곤 했다.

나겸의 성적은 계속 떨어졌다. 나는 나겸의 앞에서는 성적에 신경 쓰지 않는 척했지만 남들이 인정하는 학교에 들어가고 싶었다. 이름을 말해도 모르는 학교를 나와 시작부터 불리한 출발을 극복하려고 애쓰고 싶지는 않았다. 나겸은 남자 친구의 연락이 평소보다 조금이라도 늦으면 새벽에 내 침대까지 쫓아와 몇 시간이고 속삭였다. 처음에는 나도 잠을 참아가며 이야기를 들어주고 나겸을 위로해주려고 노력했지만 수능 전 마지막 모의고사를 앞두고도 그럴 때는 화가 났다. 얘는 내가 내일 시험을 얼마나 잘 보고 싶은지도 모르면서 그깟 남자애의 문자 하나 가지고 나를 괴롭히는구나. 그날 밤, 나는 옥상에서 나겸을 난간 너머로 밀어버렸다. 물론 꿈에서였다. 그리고 나겸은 수능 다음 날 그 옥상에서 떨어져 죽었다. 스무 살을 넘기지 못하고, 불꽃과 연기가 되어, 잠깐 솟아올랐다 영영 사라졌다.

나겸은 유서도 남기지 않았다. 사람들은 입시생의 스트레스와 성적 비관이라고 나겸의 죽음을 설명하려고 했다. 꿈을 꾼 이후로 나는 나겸을 피했다. 꿈속에서 나는 다정한 손짓으로 나겸의 어깨를 잡았다. 유독 강파르던 어깨뼈의 감각이 단체 체육복 너머로 생생했다. 그 어깨를 단단히 붙잡고 나는 나겸을 옥상 너머로 떠밀었다. 나겸은 정말 불꽃이라도 된 듯 가벼웠고 나풀거렸다. 기분 나쁜 꿈이었다. 더욱 기분 나쁜 것은, 꿈에서 내가 안도감을 느꼈다는 사실이었다. 이제 나겸이 더는 귀찮게 굴지 않겠구나, 하고 나는 분명 생각했다. 그건 꿈속이었지만, 너무나 나였다.

나는 쉬는 시간마다 이어폰을 끼고 영어 듣기 문제를 풀었다. 나겸이 말을 걸 때마다 이어폰을 툭툭 건드리며 이따가, 라고 말했다. 몇 번 말을 붙이던 나겸은 내가 이어폰을 빼지 않자 더는 다가오지 않았다. 끔찍한 꿈을 꾼 죄책감 때문이라고 생각했지만, 나겸과 멀어질 핑계를 찾고 있었을지도 몰랐다. 아니, 분명히 그랬을 것이다.

나겸이 죽은 후 나는 잠을 잘 수 없었다. 잠이 오지 않아서 생각이 많아졌는지, 생각이 많아져서 잠이 오지 않았는지 모르겠지만 그런 밤에 나는 끊임없이 생각했다. 무의식적으로 내가 어떤 신호를 주었을까? 스스로 통제하지 못하는 방식으로, 나는 네가 없어졌으면 좋겠다고 나겸에게 말하고 있었을까? 표정이나 몸짓이 아닌, 기운이나 텔레파시, 주파수 같은 게 내 몸에서 흘러나왔던 게 아닐까? 나와 나겸은 종종 생리주기가 겹쳤다. 오래 붙어 지내는 여자들 간에 종종 그런 호르몬 동화 현상이 일어난다는 것을 나는 알고 있었다. 어쩌면, 나겸이 나에게 너무나 동화된 나머지 스스로를 죽이고 만 것이 아닐까? 내가 의식하지 못할 만큼 강렬하게 나겸을 원하지 않아서? 하지만 그렇다고 나겸이 죽기를 바란 것은 아니었는데……. 그런데, 정말 바라지 않았나? 단 한 순간도? 모의고사 성적이 떨어졌다고 우는 나겸을 밤새 위로해줬더니, 다음 날 아픈 척하고 강의를 빠지고 병원 간다는 핑계로 외출해 온종일 남자친구를 만나고 왔을 때도?

나는 신경정신과에 가서 수면제를 처방받아 먹기 시작했다. 수면제를 먹으면 잠을 자도 잔 것 같지 않았고, 꿈을 꿔도 기억하지 못했다. 그거면 된다고 생각했다. 부작용으로 점점 입 마름과 두통이 심해져도, 해가 내리쬐는 한낮까지 잠이 깨지 않아 지각이 잦고 동기들의 얼굴과 이름이 매번 헷갈려도 괜찮았다. 꿈만 꾸지 않는다면. 학점 관리도 못하고 졸업한 후 전 직원이 열 명도 되지 않은 작은 홍보 회사에 들어갔을 때, 나는 수면제를 끊을 수밖에 없었다. 일은 매일 쌓여 있었고, 계속 커피를 마시지 않으면 처리할 수 없었다. 수면제로 느려진 심장박동을 카페인으로 억지로 되살려 놓으니 나중에는 심장이 제멋대로 빨라졌다 느려지길 반복했다. 병원에 이야기해 수면제를 서서히 줄였다. 그리고 나는 다시 사람을 죽였다.

*

내 옆자리에서 일하던 디자이너였다. 한 시간에 한 번은 담배를 피우러 일어나는 사람이었다. 그는 같은 티셔츠와 바지를 일주일 내내 입었다. 검은색에 담배 모양의 록밴드 로고가 그려진 티셔츠와 청바지였다. 같은 옷을 여러 벌 가지고 있는 것 같지는 않았다. 그가 움직일 때마다 땀에 절은 옷에서 나는 시큼한 체취와 섞인 눅진한 담배 냄새가 내 자리까지 덮쳐왔다. 나와 디자이너의 자리는 사무실 맨 구석이었다. 다른 사무실 사람들도 그가 지나갈 때마다 코에 손을 대거나, 고개를 돌리거나 자리를 피했다. 하지만 아무도 그에게 옷을 갈아입고 몸을 씻으라는 말을 하지 않았다. 그는 혼자 일했다. 거의 매일 밤 늦게까지 남아 주어진 일을 모두 하고 갔고, 끝없는 수정 요구에도 자기 의견을 말하거나 불만을 제기한 적이 없었다. 그의 작업물은 대체로 고객들의 만족도가 높았다. 일을 지시하는 사람에게는 한마디도 하지 않았지만 그는 일하는 동안 내내 혼잣말을 했다. 입술을 달싹이는 정도였고, 음성으로 나오지도 않는 바람 소리에 가까운 말이었지만, 그의 옆

자리에서 몇 개월을 견디는 동안 나는 그가 하는 말을 알아들을 수 있었다.

죽어버려.

꿈에서 나는 그의 몸 전체에 커다란 비닐봉지를 씌우고 밀봉했다. 네 냄새를 너도 맡아봐야 한다고 말했다. 비닐봉지 안에서 그가 쉭쉭 숨을 내쉴 때마다 비닐이 입술 안으로 빨려 들어갔다. 나는 검은 비닐봉지가 그의 얼굴 윤곽대로 꺼졌다 다시 부푸는 모습을 지켜보다 잠에서 깼다. 그 꿈을 꾸고 나는 그에게 미안하지 않았다. 이전처럼 죄책감이 들지도 않았다. 나는 그저 기다렸다. 막연히, 그 사람의 냄새와 담배를 피러 나갈 때마다 벽이 아닌 내 등쪽으로 밀착시켜오는 그의 몸이 언젠가 사라지기를. 그해 겨울 그는 회사에 이틀 무단결근을 했고, 회사 사람들의 신고로 출동한 경찰이 머리에 비닐봉지를 뒤집어쓰고 쓰러져 있는 그를 발견했다.

*

아무리 봐도 내가 사는 오피스텔은 투신해서 죽

기에 좋은 장소는 아니었다. 옥상도 없었고, 창문은 체구가 작은 성인 여성도 통과하지 못할 만큼 작았다. 화장실에서 나온 엄마는 손부채질을 하며, 너 에어컨 청소는 했니? 물었다. 나는 대충 고개를 끄덕이고 창문을 닫고 천장형 에어컨을 틀었다. 엄마는 우두커니 서서 내 작은 집을 둘러보았다. 또 정리나 청소가 필요한 곳이 있는지 찾으려는 듯이. 최대한 오래 엄마를 우리 집에 머물게 해야겠다고 마음먹었다. 물론 그 마음은 얼마 안 가 쉽게 뒤집어졌지만.

퇴근이 늦은 날이었다. 팀 비용 정산에 실수가 있어서 결제 내역을 하나씩 대조하느라 눈이 피곤했고 담배 한 대가 간절했다. 나는 집에 담배를 두고 가끔 골목에 나가 피우곤 했다. 집에 들어갔을 때 엄마는 내 책상에 앉아서 내 노트북으로 유튜브를 보고 있었다. 소리가 너무 커서 듣고 싶지 않아도 내용이 들렸다. 팔자주름이 제일 문제인 거 아시죠. 사람을 나이보다 늙어 보이게 하는 주범이 얘예요. 이건 제가 정말 오랫동안 해온 루틴인데……. 책상 서랍을 열어서 담배를 찾았다. 서랍을 모두 열었는데 담배가 보이지 않았다. 엄마가 유튜브를 잠시 멈추고 뭐 찾는데? 하고 물었고 담배,

라고 내가 답하자 엄마는 다시 유튜브를 틀며 말했다.

“버렸어. 너는 여자애가 머리도 짧고 옷도 그렇게 입고 다니면서 담배까지 피우면 어쩌려고 그러니?”

얼굴에 광택이 나고 주름 하나 없어 보이는 유튜버가 다시 말을 시작했다. 우선 손을 문질러서 덥히시고 광대 정중앙을 누르세요. 나는 관자놀이를 꾹 눌렀다. 몇 대 피우지도 않았는데. 담배 한 갑이 얼마인 줄 엄마는 알까. 엄마가 오면서 수도세 식비 전기세도 두 배씩 나올 텐데. 엄마는 내가 이만한 방에 살기 위해 얼마를 내고 있는지 정말 모르나. 모른 척하고 싶은 건가. 나는 키보드를 내리쳐서 유튜브 재생을 정지시켰다. 왜 마음대로 내 물건을 버리냐고, 여긴 내 집이라고 말했다. 엄마가 지금 자기 얼굴 들여다보고 있을 때냐고. 집이 날아갔는데, 전세금을 날리게 생겼는데 얼굴에 주름 하나 생기는 게 대수냐고. 주름 없는 얼굴로 길바닥에 나앉으면 누가 도와줄 것 같냐고. 짜증과 화와 출처가 불분명한 흥분과 울분을 모두 담아서. 엄마는 나를 물끄러미 보기만 했다. 아무런 표정 없는 매끈한 얼굴로.

나는 집을 나와서 편의점에서 담배를 사고 골목 구석에 놓인 헌 옷 수거함 옆에서 한 대 피우고 또 한

대를 더 피웠다. 어떤 여자가 자기 몸을 다 가릴 만큼 옷을 한 무더기 안고 와서 수거함에 쑤셔 넣고 갔다. 프릴이 달린 셔츠 소매가 투입구에서 튀어나와 덜렁거렸다. 엄마는 변하지 않는다. 알고 있는데도 왜 매번 화가 나지? 엄마는 내가 아빠를 닮았다고 말하곤 했다. 성질머리가 아빠랑 똑같다고.

아빠는 화가 많은 사람이었다. 세상에는 아빠를 화나게 하는 것들이 언제나 많았다. 매번 재산 자랑을 하면서 술을 얻어먹는 친구, 야근을 당연하게 생각하는 사장과 자기의 고단함은 아랑곳없이 생활에 불평불만이 많은 엄마까지. 엄마에게 아빠는 무슨 말을 해도 화부터 내는 사람이었다. 선을 봐서 삼 개월만에 결혼했으니 이런 사람일 줄 몰랐다고 엄마는 말했다. 아빠를 좋아하지도 않았던 것 같은데, 왜 아빠가 집을 나가 함께 살고 있는 여자를 미워하고, 가장 잘못한 사람은 아빠인데 왜 아빠가 돌아오기만 하면 모든 것이 해결될 것이라고 믿을까? 전세사기도 집안에 남자가 없으니까 당한 거라고 엄마는 말했다. 그러니까, 나는 정말 엄마를 이해할 수 없었다.

하지만 엄마를 이해할 수 없는 게 이토록 화날

일일까? 나는 정말 아빠를 닮아 성질이 못돼먹은 것일까? 그래서 자꾸 꿈에서 사람을 죽이는 걸까?

담배를 피우고 집에 들어가니 엄마는 그새 이불을 펴고 누워 있었다. 엄마의 얼굴이 책상 밑 어둠에 가려 보이지 않았다. 나는 시위하듯 담배 냄새를 풍기며 잠시 침대에 앉아 있다가 씻으러 화장실로 들어갔다. 화장실은 입주 청소를 했을 때보다 더 깨끗해 보였다. 희미한 락스 냄새가 이상한 안도감을 주었다.

주말 아침 나는 오랜만에 늦잠을 잤다. 드디어 엄마가 아침 청소를 그만두었구나, 생각하며 눈을 떴을 때, 집이 너무 조용했다. 현관에 놓아둔 엄마의 캐리어가 없었다. 이불만 단정하게 접혀서 책상 밑에 들어가 있었다. 엄마는 아무런 흔적도 남기지 않고 집을 나갔다. 하다못해 쪽지 한 장도.

엄마에게 전화를 걸어봤지만 당연한 절차라는 듯이 받지 않았다. 나는 엄마에게 우선 문자를 남겼다. 엄마, 미안해. 어제는 내가 다 잘못했어. 담배도 끊을게. 고생하지 말고 얼른 집으로 돌아와. 노트북을 켜서 엄마가 사용했던 시간대의 인터넷 기록을 열어보았다. 엄마가 전세사기를 키워드로 많은 페이지를 검색해보고 있다는 것은 알고 있었다. 엄마는 "경매로 넘어간 집을 찾는 방법"을 검색해보기도 했다. 거기에 인생에 해답이 있다고 믿기라도 하는 것 같았다. 엄마는 인터넷으로 검색하는 법은 알았지만 창을 닫아도 기록이 남는다는 것까지는 모르고 있었다. 가장 최근에 열었던 페이지는 KTX 예매 창이었다. 큰 산이 있는 동쪽 지역을 예매한 것 같았다. 그리고 밑으로 더 내려가 보니, 선양 민박을 검색한 페이지가 나왔다. 선양 민박은 국립공원이 있는 깊은 산자락에 위치한 작은 민박이었다. 선양은 낯익은 이름이었다. 나는 선양 민박의 사업자를 검색해보았다.

오선양. 아빠의 내연녀였다.

*

노트북과 옷 두 벌, 세안 용품만 챙겨서 짐을 꾸리고 가장 빠른 열차를 예매했다. 오후 두 시 출발 열차였다. 집에 가만히 있을 수가 없어서 역으로 가 커피와 빵으로 끼니를 해결하고 행인을 둘러보며 이리저리 돌아다녔다. 역에는 엄마와 비슷한 체격에 비슷한 머리

스타일을 하고 비슷한 옷을 입고 있는 사람들이 많았다. 엄마는 그러니까, 유별나게 외모에 신경을 쓰고 있는 것도 아니었다. 그럴 돈도 없었을 것이다.

나는 열차가 들어올 플랫폼에 앉아 노트북을 열고 월요일에 엄마랑 함께 돌아올 생각으로 연차 신청서를 올렸다. 사유에 가족 문제라고 적었다. 가족 문제란 언제나 복잡하고 중요하기 마련이고, 자세한 설명이 필요하지도 않으니까. 나는 선양 민박에 대해 조금 더 찾아보았다. 숙박 플랫폼에 후기 몇 개가 등록되어 있었다. 대체로 호의적인 평들이었다. 소박하지만 깨끗하고 사장님이 친절하고 강아지가 귀엽다는 이야기들이었다. 등록되어 있는 사진에는 나무가 빼곡한 숲을 등지고 빛바랜 붉은 기와지붕을 얹은 한옥이 보였다. 내부는 리모델링을 한 듯 목재 마감으로 넓은 창에 침대와 테이블을 갖추고 있었다. 텔레비전 대신 책장이 있는 것이 선양 민박의 특징이라고 했다. 주제에 고상한 척하네, 엄마의 목소리가 들리는 듯했다. 아니, 내 목소리 같기도 했다.

내가 알기로 엄마는 오선양 씨를 딱 한 번 본 적 있었다. 오선양 씨는 아빠가 다니던 영세 건축사무소의 경리였다. 아빠보다 열 살이나 어렸고 상고를 졸업하고 스무 살부터 일을 시작했다고 했다. 언제부터였는지 정확히 모르지만 엄마는 아주 오래전에 시작되었을 것이라고 짐작했다. 아빠가 서른 살에 내가 태어났으니 그때부터였을지도 모른다고 나는 생각했다. 아내가 임신하는 동안 다른 여자를 만나는 남자 이야기는 흔하니까. 초등학교 3학년 때인가 4학년 때인가 아빠의 직장을 체험하고 소감문을 쓰는 여름방학 숙제가 있었다. 엄마는 그때 나를 데리고 처음으로 아빠의 사무실을 찾아갔고, 탕비실에 앉아서 외근 나간 아빠가 돌아오기 전까지 오선양 씨가 주는 커피를 마시며 기다렸다. 엄마는 오선양 씨의 얼굴은 기억하지 못했다. 다만 내가 부주의하게 손을 뻗다가 커피를 쏟았는데 오선양 씨가 내 손부터 닦아주어서 고마웠던 기억이 있다고 했다. 그것도 자기가 찔려서 그런 거겠지. 엄마는 덧붙였다.

아빠와 오선양 씨의 사이는 그들이 동시에 회사에 사직서를 내기 전까지 아무도 몰랐다. 아빠와 오선양 씨는 굳이 같은 날 사장실에 함께 들어갔다고 했다. 노령이지만 여전히 건설 현장을 다니는 기운 좋은 사장이 재떨이를 집어 던졌는데 아빠가 오선양 씨를 감싸안았다는 소문이 사무실에 돌았다. 현장을 본 사람은 없으므로 사실인지는 알 수 없다. 엄마는 아빠와 함께 자주 출장을 다니던 직장 동료를 통해 소식을 들었다. 그는 엄마에게 자기도 전혀 몰랐고 너무 황당하다고, 오선양 씨는 사장이 아끼던 경리라서 툭하면 경리를 갈아치우던 사장이 매년 연봉도 올려주고 십 년 넘게 근속시키며 대우해주던 사람이고, 외모만큼 성격도 단정해서 정말 이런 일을 벌일 줄은 꿈에도 몰랐다고 말해 엄마를 더욱 절망에 빠지게 만들었다. 엄마에게 그 말은, 오선양 씨처럼 괜찮은 여자가 왜 너네 남편을 만나는지 모르겠다, 미혼인 나도 있는데—라고 들렸을 것이다. 아빠는 엄마에게 아무 말도 하지 않았다. 그저 이혼 서류를 건네고는 자신의 짐을 챙겼다. 이혼해줘, 내가 미친놈이야, 나는 그 여자를 사랑해, 이제 나를 놓아줘, 우리는 서로 사랑한 적 없잖아. 그런 지겹고 추잡한 말조차 아빠는 하지 않았다. 아빠는 자기가 그런 말을 뱉는 순간 사태가 걷잡을 수 없어질 걸 아는 듯했다. 아빠가 집을 나간 날은 수능을 앞둔 여름방학의 막바지였다. 보충수업도 끝나고 개학이 일주일도 남지 않은 금요일, 아무것도 모른 채 일찍 집에 왔는데 아빠는 출장 갈 때

쓰던 커다란 캐리어에 짐을 넣고 있었고 엄마는 침대에 이불을 뒤집어쓰고 누워 있었다.

"아빠 또 출장 가?"

내 물음에 아무도 대답하지 않았다. 뻔뻔하고 이기적인 침묵. 아빠는 옷을 다 넣은 후 거실 서랍을 열어보며 무언가를 찾는 듯했다. 아빠 뭐 찾아? 내가 다시 물었다. 그제야 아빠는 대답했다. 공구함. 못 봤어? 나는 얼마전에 아빠 공구함에서 줄자를 꺼내 내 배와 허벅지 둘레와 머리 크기를 쟀던 일을 떠올리고 텔레비전 밑 수납장을 가리켰다. 내가 저기 넣어놨는데. 아빠는 수납장을 열고 공구함을 꺼냈다. 그리고 내게 말했다.

"공구는 싸다고 국산 쓰지 말고 꼭 일제를 사라."

그게 다였다. 아빠가 집을 나가면서 한 말이라고는. 엄마를 잘 부탁한다거나, 혹은 수능 잘 보고 잘 크라는 말도 아니고, 공구는 일본 제품을 사라니. 아빠는 내가 고등학교 3학년이고 수능을 앞두고 있다는 사실도 잊어버린 듯했다. 아빠가 가고 난 후 한참 동안 엄마는 내게 어떤 말도 하지 않은 채 이불 속에 웅크리고 있었다. 나는 햄버거를 시켜 먹었고, 영문을 모른 채 체했다. 소화제를 먹고 끅끅 억지로 트림을 하는데 안방에서 엄마가 나왔다. 엄마는 내게 말했다.

"너는 지금 배가 고프니? 그러니까 살이 찌지."

그때 나는 속으로 아마 엄마도 아빠도 용서하지 않겠다고 생각했던 것 같다.

열차는 제시간에 왔다. 나는 여전히 피곤한 눈으로 창밖으로 멀어져 가는 역사와 곧 진입한 지하터널에 비친 내 얼굴을 보다가 잠깐 눈을 감았다. 열차가 멈추고 사람들이 내리고 타는 소리가 들렸다. 비어 있던 옆자리에 나와 또래로 보이는 여자가 앉았다. 여자는 무선 이어폰을 낀 채 태블릿피시로 영화를 보는 것 같았다. 나는 급히 나오느라 이어폰을 챙기지 못한 것이 떠올랐다. 여자가 무선 이어폰을 잠깐 만지더니 통화를 시작했다. 응, 알았어, 정도만 반복되는 단조로운 내용이었다. 갑자기 여자가 소리를 높였다. 아니라고. 응, 아니야. 아니, 그러니까 내가 몇 번이나 얘기했는데 왜 안 들어? 아니, 화내는 게 아니고…….

그러니까 아니다. 아니라고. 나도 속으로 누군가에게 말했다. 아니야, 나는 아무도 죽이지 않았다. 누구도 죽기를 바라지 않았다. 나겸의 남자 친구 이야기가 지겹기는 했다. 그 디자이너의 냄새가 너무 지독하기는 했다. 그래도, 그래도 그들이 죽기를 바라지는 않았다. 정말? 아마도. 아니, 그런데, 조금 바란다고 한들, 그게 내 잘못일까? 어쩌면 나는 스스로를 죽이고 싶었는지도 모른다. 재수를 하는 동안 나는 내가 얼마나 애매한 사람인지 생각했다. 공부를 열심히 하는 것도 아니면서 누군가를 제대로 좋아해본 적도 없는 사람. 그저 언제나 적당히, 중간에서, 평범하게 살고 싶었으나 마음은 단 한순간도 평온한 적 없고, 기껏 일기장에 쓰는 말들이라고는 나보다 예쁘거나, 공부를 잘하거나, 무언가 잘났고, 잘 사는 것 같은 사람들에 대한 저주뿐인 한심한 사람. 그래, 어쩌면, 이렇게 생각하는 게 나을지도 모르겠다. 나를 죽이고 싶은 마음이 그동안 누군가를 죽이는 꿈으로 나타났을 것이고, 그들의 죽음은 나와 아무 상관없다고. 정말로? 정말로.

시속 300킬로미터가 넘는 열차 안에서는 내가 어디에 있다는 감각을 느끼기가 어려웠다. 창밖은 계속 지나갔다. 백태 같은 구름이 낀 하늘과 산등성이와 공장 굴뚝과 오래된 도시들을 스쳐서 마지막 역까지 왔다. 선양 민박 인근에 도착했을 때는 저녁 시간이 가까

워질 무렵이었다. 국립공원을 오르는 등산객들을 위한 식당과 숙소가 모여 있던 마을을 지나 한참을 더 산길을 올랐다. 하늘은 여전히 밝았지만 벌써 산그림자가 내려앉았다. 촘촘한 나무 울타리가 둘러싼 자갈이 깔린 마당 안쪽으로 붉은 기와지붕을 얹은 기역자집이 나지막이 보였다. 집 뒤로는 까마득한 자작나무 숲이었다. 흰 수피가 벗겨진 자리에 밤보다 깊은 눈동자가 박혀서 나를 바라보고 있는 것 같았다. 엄마는 이 산에서 뛰어내리기라도 하려고 여기에 온 것일까? 복수하려고? 아빠는 어떤 얼굴을 하고 우리를 볼까? 나는 엄마를 구조하러 여기까지 온 것일까? 허우적대는 걸음으로 다가가 현관문을 열었다.

*

문이 열리자 흰 털이 부숭한 강아지가 캉, 하고 짖으며 달려 나왔다. 꼬리를 흔들며 내 다리에 코를 맡고 뛰어올랐다. 머리를 비녀로 틀어 올린 여자가 황급히 몸을 숙여 강아지를 안았다. 죄송해요, 얘가 사람을 워낙 좋아해서. 여자는 내게 웃으며 말했고 나도 웃지 않을 수 없었다. 여자는 엄마가 자주 보던 유튜버들처럼 보였다. 화장을 하지 않은 것 같은데도 피부가 매끄러웠고, 눈썹은 깔끔하게 정돈되어 있었다. 여자는 나를 안으로 들어오게 했다. 현관 바로 옆 탁자에 노트북이 있었다. 그 너머로 부엌과 거실이 보였고 여자가 쓰는 듯한 방이 한쪽으로, 반대쪽 기역 자로 꺾인 복도에 호수가 적힌 방이 늘어서 있었다. 내부는 인터넷에서 검색해서 보았던 사진만큼 깔끔했다. 거실의 소파에는 쿠션 하나 흐트러져 있지 않았고 벽지며 바닥이며 얼룩 하나, 잘못 들어온 벌레 하나 보이지 않았다. 여자는 노트북 화면을 보며 예약을 했냐고 물었다. 나는 일행이 있다고 말한 뒤 엄마의 이름을 댔다. 일행 이야기는 못 들었는데, 여자가, 아니, 오선양 씨가 말했다. 추가 요금을 내면 되지 않나요? 내가 묻자 여자는 손님이 오면 확인해보겠다고 말하며 나를 거실로 안내했다.

엄마가 방에 없냐고 묻자 아직 돌아오지 않았다고 했다. 숲이다. 나는 순간 문을 바라봤다. 당장 저 문을 박차고 나가 엄마를 찾으러 가야 할 것 같았다. 엄마가 그 숲에 있는 게 분명했다. 오선양 씨는 부엌에서 컵을 꺼내면서 내게 녹차를 좋아하냐고 물었다. 나는 고개를 대충 끄덕이며 핸드폰으로 다시 엄마에게 전화를 걸었다. 이 깊은 산에 낭떠러지가 없을까? 엄마가 거기서 몸을 던진다면……. 꿈에서처럼 조각나진 않더라도 엄마의 몸은 분명 부서질 텐데. 오선양 씨가 내게 김이 나는 컵을 내밀면서 웃었다. 조심해요. 오선양 씨는 내가 두 손으로 받을 때까지 컵을 단단히 들고 있었다. 나는 잠시 생각했다. 이 뜨거운 물을 그 얼굴에 부어주면 어떨까. 우리 엄마가 어떻게 살았는데, 너 같은 것 때문에, 너같이 아름다운 것 때문에.

그때 익숙한 전화벨 소리가 들렸다. 아주 예전에 유행하던 팝송이었다. 나한테 전화해달라는, 뻔뻔하고 귀여운 노랫말을 엄마는 좋아했다.

엄마가 비닐봉지를 덜렁이며 현관문을 열고 들어왔다.

"아니, 정말 말씀해주신대로 숲에 버섯이 엄청 많네요."

엄마가 오선양 씨를 향해 반갑게 말을 건넸고 오선양 씨는 웃으며 소파에 앉은 나를 향해 고갯짓을 했다. 맞죠? 하고 묻는, 퍽 다정한 몸짓이었다. 엄마가 한숨을 쉬고 고개를 끄덕였다. 나는 추가 요금을 계산

하고 방으로 들어갔다. 어머니와 좋은 밤 보내세요. 오선양 씨가 인사했다.

엄마는 나를 본 척도 하지 않고 침대에 바로 누웠다. 창이 열려 있었고 에어컨을 틀지 않아서 후덥지근했다. 나도 짐을 풀고 엄마 옆에 누웠다. 엄마와 한 침대에 누웠던 게 언제였는지 기억도 나지 않았다. 아주 어렸을 때였을 것이다. 아니다. 아빠가 집을 나간 날, 나는 엄마 옆에서 잤다. 그냥 그 자리에 사람이 있어야 할 것 같아서.

"혼자라더라."

엄마가 말했다.

"너네 아빠는 어디서 뭘 하는 건지. 여기는 처음부터 혼자 내려온 모양이던데."

"엄마, 여기 어떻게 알았어?"

"네 아빠랑 이혼 처리되기 전에 확인했더니 주소지가 여기더라."

"여기 왜 왔어?"

"바람 쐬려고."

엄마는 준비한 답을 바로 내놓았다.

"그래, 그럼 나랑 남은 주말 하루 바람 쐬고 다

음 날 천천히 올라가자. 나 월요일 연차 냈어."

"난 여기 좀 더 있을 거야."

"뭐 하려고? 여기서 죽기라도 하게?"

숲에서 불어오는 바람이 조금씩 서늘해졌다.

"내가 왜. 나는 피해잔데. 내가 왜."

"그럼 저 여자한테 해코지할 거야?"

"내가 그럴 거였으면 너네 아빠부터 죽였지."

"엄마가?"

"내가 못할 것 같아? 나 칼질해서 먹고 사는 사람이야."

웃음이 났다. 엄마도 웃었다.

"이쁘지?"

"평범해."

"거짓말."

"진짜야."

엄마는 더 묻지 않았다.

"엄마, 아빠는 그냥 내버려둬. 뭐가 좋다고 기다려?"

내가 물었다. 오랫동안 묻고 싶었던 말이었다.

"너네 아빠, 돈을 안 가져갔어. 월급 뻔한데, 저

여자랑 만나면서도 돈 한 푼 안 가져갔어. 내가 알아. 집 나갈 때도 자기 물건만 챙겼지 동전 하나 안 건드렸어."

"그게 중요해?"

"그게 중요해."

나는 생각해보려 했다. 그게 정말 중요한가? 나는 여전히 엄마를 이해할 수 없었지만, 우리는 다음 날 늦게까지 나란히 누워 있었다. 창밖에서 시끄러운 소리가 나서 내다보니 우박이 떨어지고 있었다. 민박집엔 오선양 씨와 강아지뿐이었다.

"호박전 부치려고 하는데 같이 드실래요?"

오선양 씨가 부엌에서 반죽을 젓고 있다가 우리를 보며 물었다. 바깥에는 도무지 나갈 수 없을 정도로 굵은 우박이 떨어지고 있었다. 지붕과 바닥을 두드리는 소리가 칼처럼 신경에 내리꽂혔다. 우리는 식탁에 앉았다. 호박전이 노릇하게 익어 김을 뿜으며 식탁에 올라왔다. 오선양 씨는 간장 양념까지 세 그릇 따로 만들어서 각자 앞에 놓아주었다. 식탁 유리가 물 자국도 없이 투명해 나란히 앉은 나와 엄마의 얼굴이 그대로 비쳤다. 술이라도 한잔할까요? 오선양 씨가 냉장고를 열며 막걸리와 맥주가 있다고 했다. 엄마와 나는 동시에 막걸리라고 대답했다. 오선양 씨가 웃었다.

"이번 여름도 심상치 않네요."

오선양 씨가 막걸리를 사발에 따라주며 말했다.

"이런 우박은 처음 봐요."

내가 호박전의 가장자리를 떼어놓으며 말했다.

"얘는 어릴 때부터 부침개 가장자리만 먹었어요."

엄마가 막걸리 잔을 들어 보이며 말했다. 우리 셋은 막걸리 사발을 부딪쳤다. 둔탁하고 어그러진 소리가 났다.

"바삭한 게 좋잖아."

나는 떼어둔 부침개 가장자리를 입에 넣었다.

"기름을 제일 많이 먹어서 그렇지. 그게 다……."

엄마가 내 살 이야기를 하기 전에 오선양 씨가 끼어들었다.

"보기 좋네요. 엄마와 딸이 이렇게 여행하시는 거요."

"키울 때는 힘들어도 자식이 있긴 있어야겠더라고요."

그 말을 할 때 엄마는 언제 나를 구박하려고 했냐는 듯 나를 보며 웃었다. 엄마의 미소는 약간 오만해

보이기까지 했다.

"따님이, 어머님을 많이 닮았네요. 꼭 혼자 낳으신 것 같아요."

오선양 씨의 말에 나는 엄마를 쳐다봤다. 나는 어렸을 때부터 아빠를 닮았다는 이야기를 더 많이 들었고, 엄마도 항상 내가 아빠를 닮아 자기를 힘들게 한다고 말하곤 했다. 엄마는 오선양 씨의 말에 얼굴이 약간 굳어졌지만 여전히 웃음을 유지하면서 고개를 끄덕였다.

"요즘 사람들 결혼도 안 하고 아이도 안 낳는다고 하는데, 좋든 싫든 가족을 이루고 살아봐야 자기가 어떤 사람인지도 알게 되고. 더 넓고 큰 삶을 경험하는 게 좋지 않겠어요?"

엄마가 말했다.

"더 좁아질 수도 있지. 자기의 가능성을 발견하지 못하고."

내가 말했다.

"너는 매사 부정적이라 그래."

"겪지 않는 것이 나은 경험도 분명 있긴 하죠."

오선양 씨가 말했다.

"이 일은 어떻게 시작하시게 된 거예요?"

내가 물었다.

"여기 저희 외할머니가 사시던 집이에요. 엄마가 돌아가시기 전에 여기서 사셨어요. 외할머니도 엄마도 여기서 돌아가신 셈이죠 . 왠지 저도 여기로 내려오게 될 것 같았어요, 항상. 저는 그냥 회사 다니고 있었는데, 이 집을 상속받는 순간 아, 더는 이런 삶을 못 견디겠다 그런 생각이 들더라고요. 회사가 특별히 나쁜 곳도 아니었고, 일도 익숙했고, 잘했던 것 같은데, 순간 깨닫게 된 거예요. 나는 여기에 있을 사람이 아니라는 걸. 그 확신이 어찌나 강력했던지, 순식간에 모든 걸 정리하고 내려왔죠."

"오래된 집인 것 같은데 참 깨끗하게 잘 관리하셨네요."

엄마가 말했다.

"필요 없는 것은 버리면 돼요."

오선양씨가 엄마를 똑바로 쳐다보면서 답했다. 그때 문이 열리는 소리가 나고 등산복을 입은 남성 두 명이 머리를 가린 채로 뛰어 들어왔다. 오선양 씨는 어서오세요, 인사하며 노트북이 있는 현관 탁자로 갔다. 나와 엄마는 말없이 남은 막걸리를 전부 마셨다. 엄마가 막걸리가 그새 미지근해졌다고 했다. 막걸리든 맥주든 엄마는 미지근해지는 것을 견디지 못하고 얼음을 넣어 마시곤 했다. 나는 왜인지 오선양 씨의 허락을 구할 생각도 하지 않고 집주인처럼 자연스럽게 냉장고로 가서 냉동실을 열었다. 오선양 씨는 확인을 마쳤는지 손님들을 데리고 방으로 들어갔다. 서랍형 아이스 메이커를 열고 얼음을 꺼내는데, 아래 칸에서 무언가 눈을 찔러왔다. 건새우나 멸치 같은 것들이 담긴 지퍼 백으로 가득 찬 서랍이었을 뿐이지만, 분명 어떤 빛이 내 눈을 정확히 겨누고 있는 것 같았다. 서랍을 열어 깊숙이 손을 넣고 지퍼 백 하나를 꺼냈다.

거기 손가락이 있었다. 손가락은 거무죽죽했지만 여전히 반짝이는 반지가 끼워져 있었다. 빗금무늬가 들어가 있는 굵은 금반지였다. 나는 익숙하게 손가락을 주머니에 집어넣었다.

*

우박이 그치자 오선양 씨는 텃밭을 확인해야 한다고 나갔고 엄마는 막걸리를 오랜만에 먹어 속이 안 좋다며 방으로 들어갔다. 나는 산책하고 오겠다고 말하고 숲으로 갔다. 숲은 나긋하고 나무들은 꼿꼿했다. 하늘에서 방금 전까지 돌 같은 우박이 쏟아졌다는 것이 믿기지 않을 만큼 조용하고 평화로워 보였다. 바지 주머니에 있는 손가락이 점점 물컹하게 녹아가는 것이 느껴졌다. 손가락은 녹아도 단단했다. 자르기 쉽지 않았을 것이라는 생각이 들었다.

등산로에는 사람이 없었다. 나는 익숙하게 자작나무 군락을 지나 곧게 솟은 소나무들이 빽빽하게 서 있는 더 깊고 높은 곳으로 향했다. 그리고 개중 가장 붉고 곧은 소나무 밑에 평평한 자리를 골라 주저앉았다. 얕은 바지 주머니에서 지퍼 백이 툭 흘러나왔다. 나는 흙을 적당히 파고 손가락을 묻었다. 반지를, 정말 끝까지 빼놓지 않았구나, 아빠는. 엄마가 이 사실을 알면 좋아할까, 슬퍼할까. 나는 손가락을 묻은 자리에 봉긋하게 흙을 덮었다. 아무도 못 알아보겠지만, 나는 여기서 아빠를 묻고 추도까지 마치기로 했다. 과연 일제 공구가 잘 들었을까. 궁금했지만 묻지는 않았다.

어디선가 큰 새가 우는 것 같았다.

원경

건강검진을 12월 마지막 주까지 미루는 사람이 자기 말고도 이렇게 많으리라고 신오는 생각지 못했다.

대기실의 긴 좌석 중간중간 빈자리가 있긴 했지만 신오는 한구석에 서 있기로 했다. 초음파 검사실 앞 복도는 자기 이름이 불리기를 기다리며 서성이는 사람들로 북적였다. 헐렁한 가운에 느슨한 고무줄 바지를 입고 핸드폰을 보며 기다림을 견디고 있는 사람들을 보면서, 신오는 이들 중 내년에는 따뜻한 휴양지에서 연말을 보낼 사람들이 얼마나 있을지 궁금했다. 혹은, 오늘 치명적인 암이나 뇌동맥류 같은 것들을 발견하고 전혀 예상치 못한 인생을 살게 될 사람들은?

그런 일들은 언제나 일어나고 있었다. 직장 생활을 십 년 정도 하니 주위에 아픈 사람들이 많아졌다. 이전 직장 동료는 출근길에 쓰러진 뒤 안면마비를 얻었다. 한쪽 입꼬리가 위로 당겨 올라갔는데 그는 멀쩡한 다른 쪽 입꼬리도 끌어올려 웃는 얼굴을 만들곤 했다. 병가에서 돌아온 뒤 매일 웃는 얼굴로 제일 먼저 출근하는 동료를 보면서 신오는 이직을 결심했다. 신오는 모든 일이 가능하지만 대개 나쁜 일들이 더 자주 일어난다는 것을 알고 있었고, 되도록 좋은 음식을 먹고 운동도 꾸준히 하려고 했다. 불행은 대비하고 기다리고 있는 사람에게 오히려 쉽게 다가오지 않을 것이라는 근거 없는 믿음도 있었다.

복부초음파를 보던 의사가 "어랏?" 하고 실없는 소리를 내며 배꼽 부근을 세게 눌렀을 때도 신오는 방귀가 나올 것 같다는 생각뿐이었다. 의사가 다시 차가운 젤을 묻히고 초음파 단말기를 문지르다가 복막에 종양이 보인다는 말을 했을 때는, 그래서 요새 변비가 심했나, 라는 생각이 먼저 났다. 대학병원에 가서 생검과 CT, MRI 검사를 마치고 소화기내과 교수의 진료실 앞에서 대기하고 있을 때도 신오는 회사 메신저를 보고 있었다. 몇십 억 단위 공공사업의 수주가 걸린 입찰 제안서의 마무리를 앞둔 시점이었다. 병원 검사로 연차를 낸다고 했을 때 팀원들은 모두 별일 없을 거라고, 하루 푹 쉬고 오라고 말했지만 메시지를 보낼 때는 신오를 계속 태그했다.

신오는 그날 마지막으로 진료실에 들어갔다. 의사는 젊었고 피곤해 보였다. 예약을 가장 빨리 할 수 있었던 의사였으니 어쩔 수 없지, 신오는 생각했다. 의사는 신오가 자리에 앉자 간단한 인사도 없이 모니터 화면을 돌려주었다. 그리고 마우스 커서로 신오는 잘 알아볼 수 없는 흐릿한 음영을 짚었다. 여기예요, 여기. 의사는 약간의 승리감마저 느껴지는 말투로 말했다. 복막의 종양은 전이암이고, 여기가 원발암이라고.

"이게 숨어 있어서 찾기 어려웠거든요."

의사는 다시 한번 마우스커서를 움직였다. 췌장하고 담도 사이인데 위치나 크기가 좋지 않다고. 오늘이 금요일이니 당장 다음 주부터 항암 치료로 크기를 줄여보고 수술을 잡아보자고. 신오의 핸드폰이 또 진동했다. 신오는 치료를 이 주만 미뤄도 되냐고 물었다. 프로젝트가 있어서요. 이 주 후에 마감이라. 의사는 처음으로 웃어 보였다.

“환자분, 요새 생존율이 아무리 높아졌어도 암이 우스우세요?”

물론 전혀 우습지 않았다. 암이라니. 언제부터 그런 게 몸속에서 자라고 있었지? 자기가 뭘 잘못하고 있었던 것일까? 신오는 자기 생활을 떠올려봤다. 술도 담배도 즐기지 않았고, 헬스는 주 3회씩 벌써 오 년째 다니고 있었다. 주말에는 등산도 가끔 했다. 주중 점심은 구내식당에서 한식 위주로 먹고 저녁은 주로 닭가슴살 샐러드를 사 먹었다. 약속이 잡히면 어쩔 수 없이 기름지고 짠 음식들을 먹었지만 속에 부담 주지 않을 정도로만 적당히 먹으려고 했다. 종종 잠을 못 잘 때가 있긴 했다. 위염에 시달리거나 몸살을 앓기도 했다. 어깨와 목이 거의 매일 뻣뻣했고 관자놀이가 당기는 편두통을 달고 살았지만 컴퓨터 앞에서 일하는 직장인이라면 누구나 가지고 있는 증상이었다. 만성적인 피로는 평소에 음식을 많이 먹지 않고 운동은 꾸준히 하니 당연하다고 생각했다. 이런 생활을 시작한 것이 언제부터였더라? 아마 원경과 헤어진 이후였다.

원경과 헤어진 후부터 무언가 잘못된 것이 분명했다. 신오는 전신 방사선 동위원소 검사와 그 외 입원에 필요한 여러 검사들을 예약하고 병원을 나오면서 결론 내렸다. 원경과 헤어졌을 때 무언가를 예감했음에 틀림없다. 닥쳐올 미래가 무엇인지 모르면서 도망치듯이 살아오지 않았나.

원경은 신오가 처음으로 함께하는 미래를 생각했던 사람이었다. 원경을 떠올리면 물이 넘치지도 모자라지도 않게 채워진 컵이 생각났다. 원경과 처음 만난 식당에서 원경이 컵에 물을 따라줬을 때 신오는 속으로 작게 감탄했다. 어떻게 물을 저렇게 깔끔하고 적당하게 따를 수 있지. 원경은 그 물컵처럼 과하지도 모자라지도 않은 사람이었다. 신오는 원경처럼 적당한 사람을 만나본 적이 없었다. 전에 만났던 여자들 중에는 매일 아침저녁으로 전화를 해주지 않으면 불안해하는 사람도 있었고, 신오와 절대 같은 화장실을 쓰지 않으려는 사람도 있었다. 신오는 자신이 매우 평균적이고 상식적인 사람이라고 생각했기 때문에 자신과 잘 맞는 사람을 찾기가 이토록 어렵다는 것에 매번 놀랐다. 원경은 달랐다. 원경의 상식 수준과 감수성의 정도는 신오의 신경에 거슬린 적이 없었다. 잔인한 범죄나, 특히 여성을 대상으로 한 범죄 뉴스에 과하게 방어적으로 반응하지도 않았고, 어떤 드라마나 특정 배우에 지나치게 몰입해 신오를 당황하게 하지도 않았다. 이런 사람이라면 함께 살아도 좋겠다고 신오는 생각했다. 누구를 만나면서 처음 해본 생각이었다.

신오는 원경과 사 년을 만나고 헤어졌다. 함께 와인을 마시고 누워 서로를 조용히 더듬고 있던 중에 원경이 혹시 내 가슴에서 뭐가 만져지면 알려줘, 라고 말했기 때문이었다. 원경의 어머니 쪽 집안 내력이라고 했다. 유방암이. 어머니도 여러 번 재발한 유방암의 후유증으로 돌아가셨다는 이야기도 그때 했다.

그 이야기를 듣고 신오는 어쩔 수 없이 상상했다. 결혼 후 원경이 암에 걸린다. 가슴을 절제하는 수술을 받는다. 신오는 모든 일을 제치고 병원에 있어야 할 것이다. 원경은 어머니가 안 계시니까. 항암 치료로 원경이 수척해진다. 신오는 원경을 돌보기 위해 요리도 배울 것이다. 몇 년간은 정기 검사를 함께 다니며 괜찮다는 의사의 말을 듣고 안도한다. 그러다 다시, 이 모든 일이 반복된다면? 신오가 정말 기꺼운 마음으로 원경을 돌볼 수 있을까? 원경의 병을 지겨워하지 않을 수 있을까? 유전자 문제로 발생하는 암은 끈질기고 예후가 좋지 못하다는 것을 신오는 알고 있다. 이런 상상을 해버린 이상 원경과 관계를 계속 이어갈 수는 없었다. 한 사람을 사랑하는 일이 그 사람이 가지고 있는 여러 문제들과 그 사람이 가지고 올 불확실한 미래까지 기꺼이 받아들여야 하는 일이라면, 신오는 지금까지 누구도 사랑해본 적 없었다. 앞으로도 누군가를, 심지어 자기 자신조차 사랑하기 불가능할 것이었다. 신오는 원경과 헤어지고 자기가 통제할 수 있는 삶에 집중했다. 연애도 한두 번 했지만 처음부터 언젠가 끝나겠거니 생각했고 실제로 어떻게든 끝이 왔다.

병원 밖은 이미 어두워졌고 도로에는 차들이 길게 꼬리를 물고 서 있었다. 붉은 후미등이 눈에 상처를 남기는 것 같아서 신오는 땅을 보고 걸었다. 그리고 생각했다. 그때 원경과 결혼을 했더라면 어땠을까. 우습고 근거 없는 생각이었지만 암에 걸리는 사람은 자기가 아니라 원경이었을 것이란 생각이 들었다. 그렇다면 자기는 성심껏 그를 돌보고 그가 느끼는 외로움과 고통에 대해서 짐작만 할 수 있었을 것이다. 그 간극에 안타까

움과 죄책감을 느끼면서 신오는 겸손해졌겠지. 자기가 그나마 건강해서 옆에서 원경을 돌볼 수 있다는 사실에.

신오는 집으로 돌아와 보일러를 켜지도 않고 거실 소파에 앉았다. 추위도 느껴지지 않았다. 속으로 계속 어쩌다 이렇게 되었을까 중얼댔다. 신오의 집은 환승역에서 걸어서 십오 분 정도 거리에 있었고 재개발 논의가 몇 년째 오가는 오래된 빌라 1층이었다. 집값의 80퍼센트까지 대출이 나오던 때였고, 거주하다가 재개발이 되면 두 배는 너끈히 오를 것이라는 부동산중개인의 조언에 다소 충동적으로 구입했다. 1989년에 완공된 건물로 내부는 리모델링을 마친 상태였다. 변기가 자주 막히고 어디선가 벌레가 끊임없이 들어왔지만 방 두 개가 널찍했고 안방에는 빛도 잘 들었다.

원경은 신오의 집에 살다시피 했다. 원경의 직장과 더 가깝기도 했지만 원경은 처음부터 그 집을 좋아했다. 빌라 옆 그늘진 공터에 있는 작은 정원이 마음에 든다고 했다. 쓰레기 투기를 막으려고 옆 빌라 주인이 화단을 만들어 꽃을 심어놓았는데 꽃이 자꾸 시들자 꽃 값도 만만치 않다며 조화로 대체했다. 아예 가짜 나무와 풀까지 놓아서 그럴듯했다. 저거 가짜야, 신오의 말에 원경은 그래 보여, 라고 말했지만 거실 창 너머로 정원을 바라보고 있을 때가 많았다.

"이 정도의 녹음만 있어도 살 만하다고 느껴지는 게 좀 슬프다."

원경은 종종 말하곤 했다. 사시사철 푸르고 화려한 색의 꽃이 핀 정원은 폭우가 쏟아지던 지난여름 사라졌다.

신오는 핸드폰을 꺼내 연락처에서 원경의 이름을 검색하고 괜히 화면을 툭툭 두들기다 결국 문자를 남겼다.

—잘 지내?

아무리 생각해도, 잘 지내? 라는 빤한 말밖에 떠오르지 않았다. 원경에게 자신이 얼마나 우스워 보일지 알았지만 상관없었다. 답이 없는 화면을 잠시 보고 있다가 신오는 습관처럼 샐러드를 배달시켰고 반도 못 먹고 버렸다. 쌉쌀하고 뻣뻣했다. 신오는 자기가 한순간도 채소를 좋아한 적이 없음을 깨달았다. 샐러드 용기를 헹군 뒤에는 쌓아둔 재활용 쓰레기를 버리러 나갔다. 재활용 쓰레기를 놓는 전신주 아래에서 체구가 작은 여자가 한 손으로 부지런히 핸드폰을 두드리며 담배를 피우고 있었다. 담배를 끊은 지 십 년이 넘었는데도 담배를 물었을 때 혀끝에 느껴지던 아린 맛과, 연기를 한 모금 넘기던 순간 뻣뻣하던 근육이 살짝 풀어지는 듯한 감각이 순식간에 되살아났다. 신오는 한 골목 떨어진 편의점에서 담배와 라이터를 사서 지금은 사라진 인공 정원이 있던 빌라 건물 사이의 통로로 들어갔다. 사람들은 거기 언제 작은 정원이 있었냐는 듯 그 자리에 쓰레기와 담배꽁초를 버리고 갔다. 담배의 비닐 포장을 뜯으면서 신오는 담뱃갑에 적나라하게 인쇄된 구강암 사진을 오랫동안 바라봤다. 가로등 빛이 잘 들지 않았지만 거뭇한 담뱃진 같은 세포가 뭉쳐 있는 목구멍은 지나치게 잘 보였다. 구강암이라니. 볼이나 목구멍 안에 저런 게 생기는 것보다는 뱃속에 있는 게 낫지 않나. 그런 생각을 하는 자신이 우스웠다. 기껏 포장을 벗긴 담배를 꺼내지도 않고 다시 주머니에 넣었을 때 핸드폰 진동이 울렸다.

—나 운주에 있어.

원경의 답이었다. 운주? 신오가 되묻자 원경이 곧 답했다.

—처리할 일이 있어서.

—이모님 댁에?

—응.

—일은?

—그만뒀어.

—무슨 일 있었어?

—갑자기, 뭐야?

신오는 물론 대답할 수 없었다. 원경에게 할 말을 찾는 대신 신오는 집으로 들어가 차 키를 챙겼다. 이모님 산이라면 어딘지 알고 있었다. 전에 핸드폰 지도 앱에 저장해두었다. 원경과 그 산에 있는 이모님의 집에서 하룻밤 자고 간 적이 있었다. 나무와 흙으로만 만든 집이었고, 언뜻 보면 버섯처럼 생긴 황토 찜질방도 따로 있었다. 원경은 허리가 아플 때 버섯 방에 누워 있다 오면 가뿐해진다고 말하곤 했다. 신오는 그 무렵 자다가 종아리에 쥐가 나서 깨는 일이 많았다. 병원에 가도 스트레스가 많으면 그럴 수 있다는 말뿐이었다. 약도 먹고 물리치료도 받았지만 소용없었다. 원경은 신오가 병원에 다녀올 때마다 버섯 방에 다녀오면 나을 거라며, 마치 이상한 종교에 빠진 신도처럼 말했다.

거짓말처럼 신오는 그 버섯 방에서 자는 동안

한 번도 깨지 않았다. 물론, 원경에게는 사실대로 말하지 않았다.

신오는 이모님과 그 집이 대단하다고 생각하지 않았다. 그 나이까지 산에서 혼자 사는 것을 보면 분명 외로움과 아집이 굳은살처럼 생활 전반에 박혀 있는 사람일 터였다. 원경이 이모에게 느끼는 친밀함에는 다소 과한 구석이 있었지만, 자주 보지도 않는 친척 어른에 대한 감정쯤 너그럽게 넘어갈 아량 정도는 신오에게도 있었다.

원경과 운주로 내려가는 길에 신오가 이모님이 어떤 분이냐고 물었을 때 원경은 내 편이면 좋은 사람이라고 대답했다. 이모님은 대학병원에서 간호사로 삼십 년 동안 일했고 결혼은 한 번도 하지 않았다. 유산으로 연고도 없는 지방의 산 한 채를 물려받은 뒤 정년퇴임 후 산자락에 집을 짓고 살기 시작했다. 원경은 이모가 여자고, 딸린 식구도 없는 막내여서 재산 가치도 거의 없고 아무도 탐내지 않는 산을 떠맡게 된 것이라고 했다. 남자 형제들은 외할아버지가 평생 정육점을 해서 마련한 지방의 상가 건물 한 채를 나눠 가졌고 큰이모와 원경의 어머니에게는 각각 고향의 땅과 집이 돌아갔다. 홀몸이고 막내인 이모에게는 빈 암자가 딸린 선산뿐이었다. 아무도 돌보지 않는 먼 친척 가문의 묘가 있는 산이라고 했다. 신오가 너무 불공평한 거 아니냐고, 요새는 유산으로 소송도 많이 하던데, 말하자 원경은 이게 이모의 복수야, 라고 답했다.

"자기한테 쓰레기처럼 버려진 산에 이렇게 멋진 집을 지어버린 거. 가족들이 여길 어떻게 오겠어."

신오와 원경이 도착했을 때 이모님은 손에 돌을 든 채 그들을 맞았다. 신오가 막연히 상상했던 모습보다 젊었고, 바빠 보였다. 산 풍경을 보며 차를 마시고 자신의 삶을 돌아보며 여러 감정을 곱씹거나 혹은 누군가를 저주하며 보내는 지친 표정의 노인을 떠올렸는데. 이모님은 그해 겨울에 눈이 많이 와서 무너진 축대를 보수하느라 그들과 잠시 앉아 있을 새도 없이 일해야 했고 저녁은 시켜 먹자고 말했다. 배달이 와요? 신오가 묻자 이모님은 웃으며, 우리나라에서 중국집 배달이 안 되는 데는 사람 사는 곳이 아닐 거라고 했다. 그 집에서 보낸 하루는 신오의 예상과 달리 꽤 좋은 기억이었다. 원경에게 끝내 다음에 또 가자는 말을 하지는 않았지만. 아직 결혼도 하지 않은 여자의 친척 어른까지 챙길

이유는 없었으니까.

신오는 새벽녘에 이모님 집 앞마당에 도착했다. 어스름하게 익숙한 축대가 보였다. 집은 축대 위에 있었지만 어두워서인지 보이지 않았다. 그 너머 산은 깊이 도려낸 것처럼 밤보다 검었다. 차에서 잠깐 눈을 붙이고 해가 떠오를 무렵 원경에게 문자를 보냈다.

—나 이모님 댁 앞이야.

빛이 차오르기도 전에 산그림자가 덮쳐왔다. 신오는 눈을 비비며 차에서 내렸다. 서서히 드러나는 햇볕 아래에서 기억 속에 있던 그 집을 바라보려고 했다. 버섯 모양의 황토방과 통나무로 뼈대를 쌓은 본채를. 신오는 다시 눈을 비볐다. 해는 완전히 떠올랐고 공기는 축축했고 그림자는 벌써 깊었다. 그리고 축대 위에는 아무것도 없었다. 신오는 간밤에 길을 잘못 들지 않았나 생각해봤지만, 잘 닦아놓은 마당과 축대는 그대로였다. 집을 둘러싸고 있던 무성한 소나무도 살점 하나 없이 발라놓은 생선 가시처럼 말라 있었다. 신오는 눈을 끔뻑이며 깨끗하게 사라진 이모님의 집터와 까맣게 변한 산을 한참 더 바라봤다. 바람에 매캐한 냄새가 실려왔고 눈이 따가웠다. 자기도 모르게 고인 눈물을 닦는데 원경에게서 답장이 왔다.

—그럼 온 김에 일이나 도와.

원경은 두어 시간 후에 이모네 집 마당으로 가겠다고 했다. 신오는 다시 차에 올라 졸다가 차창을 두드리는 소리에 깼다. 원경과 이모님 그리고 처음 보는 이모님 또래 여성분이 형광색 등산복을 입고 신오의 차를 둘러싸고 있었다. 신오는 내려서 이모님께 인사했다. 여기는 보살님. 이모님 옆에 있던 여성분을 가리켰다. 보살님은 아무 말도 없이 웃어 보였다. 얼굴에 웃음이 주름으로 굳어진 것 같은 분이었다. 이모님은 살이 왜 빠졌냐고 답을 바라지 않는 물음을 던지고 어서 산에 오르자고 재촉했다. 원경은 신오에게 손을 들어 보였다. 심상하고 간단한 인사였다.

신오는 오 년 만에 만난 원경과 그보다 더 오랜만에 만난 이모님과 처음 본 보살님과 함께 불이 휩쓸고 지나간 산에 올라 그을린 나무들 사이를 돌아다녔다. 이모님과 보살님과 원경은 매일 산에 올라 남은 불씨는 없는지 확인하고 있다고 했다. 아주 작은 불씨라도 남아 있으면 산불이 다시 번질 수도 있다고, 그사이

눈도 비도 오지 않아 나무들은 여전히 타기 좋은 상태라고 했다. 2차 산불은 항상 규모도 피해도 더 커지는 법이라고 이모님이 말했다.

"원래 한 번 당하면 두 번 당하기는 더 쉽지."

보살님이 옆에서 지나치게 열심히 고개를 끄덕였다.

"집은 다 탔어요?"

신오가 묻자 이모님은 한숨을 쉬었다.

"홀라당 탔지. 나무랑 흙이었잖아, 애초에."

"지금 어디서 지내세요?"

"근처 마을에 세놓는 집이 있어서 거기 들어가 있어. 군식구들이 좀 많지만."

원경이 이모님의 말에 우리도 돈 내잖아, 대꾸했고 그들은 같이 웃었다.

하늘은 맑았다. 검은 나무들이 파란 하늘을 아슬아슬하게 떠받치고 있는 것 같았다. 가을이나 초겨울 무렵 산불이 종종 발생하는 지역이긴 했지만 이 작은 산까지 불길이 닿기는 이번이 처음이라고 했다. 이모님과 보살님이 신오와 원경보다 빠르게 산을 올랐다. 신오와 원경은 그 뒤를 쫓아 길도 없는 등성이를 올랐다.

가끔 형체가 불분명한 검은 뭉치들이 발끝에 차였다. 신오가 혹시 몰라 한 번 더 밟으려고 하자 원경이 신오의 어깨를 자연스레 만지며 말했다. 새나 청설모 같은 동물들 사체일지도 몰라.

"저렇게 까맣게 오그라들 때까지 얼마나 뜨거웠으려나."

신오의 말에 원경이 신오를 보며 입꼬리만 살짝 끌어올려 웃었다. 신오에게 너무 익숙한 표정이었다. 기특한 말을 다 한다는, 그런 표정. 신오는 다시 원경과 서로 부드러운 몸짓을 주고받고 싶었다. 그때보다 조금 더 둥글어진 얼굴로 변함없이 웃는 원경을 보니, 신오는 여기까지 원경을 찾아와야 했던 이유를 알 것 같았다. 오 년 전에 자신이 왜 원경과 헤어지기로 결심했는지 이야기하고 사과해야 했다. 원경의 말에서 시작된 상상까지 모조리 토로해야 했다. 원경을 위해서가 아니라 자기를 위해서라는 것쯤은 알고 있었다. 그래도 말하고 싶었다. 그때 내가 오만하게 굴어서 지금 벌을 받은 것 같다고. 일어나지도 않은 일에 너무 겁을 먹어서 모든 걸 망쳤다고. 신오는 숨을 몰아쉬면서 자기보다 앞서 가는 원경의 등을 봤다. 허리가 조금 길긴 했지만 원경은 항상 자세가 곧았다. 그 점도 좋아했는데. 원경이 걸음을 멈췄다.

이모님과 보살님이 너른 바위 위에 앉아 물을 마시며 뒤처진 원경과 신오를 기다리고 있었다. 신오도 이모님 옆에 주저앉아 물을 나눠 마시고 이모님이 건네는 홍삼 사탕도 까먹었다. 신오의 얼굴이 하얗게 질린 것을 보고 이모님은 너는 어째 그때보다 몸이 안 좋아졌니, 하고 말했고 신오는 헬스를 주 3회씩 하고 등산도 가끔 간다고 변명하듯 대답했다. 원경은 나무에 등을 기대선 채 먼 하늘을 보고 있었다.

"불길이 이렇게 갔네."

원경이 손을 휘저어 보였다. 중턱쯤 올라오니 곳곳에 살아남은 나무들이 보였다. 불에 전소된 나무들과 앞면만 그을린 나무들 그리고 멀쩡한 나무들 사이에 어떤 선이 그려지는 듯했다.

"저쪽으로 소나무 군락을 따라서 이렇게 돌아서 암자까지 덮친 거지."

이모님이 말했다.

"참나무를 심어야 한대요. 소나무는 빨리 타서."

원경이 말했다.

"소나무는 바로 푸르니까 나라에서도 소나무만 심더라. 근데 이제 뭘 심니. 그냥 두면 나무 탄 재가 토양에 영양을 줘서 다른 나무들이 알아서 자란다더라."

"어느 세월에?"

"한 이십 년 후쯤?"

"이모는 이십 년 후가 상상돼요? 난 안 되는데."

"내가 있고 없고가 뭐 중요해. 나무들은 알아서 자랄 텐데. 나무 심으라고 정부에서 돈 주니까 탄 나무 멀쩡한 나무 상관없이 몽땅 베어버린다더라."

"이모는 그럼 그 돈 안 받을 거예요?"

"봐서."

이모님은 보살님을 보며 웃었다. 보살님도 마주 웃었다. 이모님이 엉덩이를 툭툭 털고 일어났다. 그들은 바닥을 발로 자근자근 밟아가며 불에 탄 소나무 숲을 따라 암자에 도착했다. 암자는 완전히 타서 나무 기둥 몇 대와 돌로 만든 대들보와 집터만 남아 있었다. 집터 주위로 군데군데 좁고 깊게 파인 구덩이와 흙더미가 보였다. 멧돼지인가 싶어서 주위를 둘러보니 한쪽 구석에 삽과 목장갑이 놓여 있었다.

"오늘은 일꾼 하나 늘었으니 좀 더 해볼까?"

보살님과 이모님은 익숙하게 장갑을 낀 뒤 삽을 하나씩 나눠 들고 번갈아 흙을 파기 시작했다. 원경이 주머니에서 신오에게 장갑을 건네주며 말했다. 시내에 있는 철물점까지 가서 사 온 거야. 유달리 붉어 보이는 목장갑을 끼면서 신오는 고맙다고 해야 할지 고민했다. 원경이 남은 삽은 하나밖에 없으니 자기가 먼저 파겠다고 했다. 돌이나 잘 골라보라고 말하며 익숙한 자세로 삽질을 시작했다. 신오는 쪼그리고 앉아 삽 끝에 돌이 틱틱 부딪칠 때마다 손으로 흙을 파내고 돌을 뽑았다.

“뭐, 묻으실 게 많으신가? 김장철도 아닌데…….”

신오가 원경에게 묻자 이모님이 웃는 소리가 들렸다.

“너 묻을까 봐 겁나?”

“저요?”

“네가 찼다며. 우리 원경이.”

신오는 네, 그랬죠, 하고 대답하려고 했다. 그리고 이유도 말하려고 했다. 제가 그래서 벌받았나 봐요. 저, 실은 조금 어려운 암에 걸렸어요. 고통만 받다 죽을 수도 있어요.

“이모, 그런 거 아니야.”

원경이 말했다. 원경은 신오에게만 들리도록 조용한 목소리로 이야기를 시작했다. 보살님은 비구니 스님만 있던 암자의 유일한 신자였다. 비구니 스님은 종단에 소속된 스님은 아니었고 버려진 절에 언젠가부터 들어와서 살기 시작해서 그렇게 부른다고들 했다. 처음에 왔을 때 반짝이는 옷에 금목걸이와 진주 귀걸이를 차고 왔는데 어느 날부터 머리도 깎고 승복 비슷한 쥐색 생활한복을 입고 있었다. 보살님은 거길 어떻게 알고 찾아갔냐고 물으니, 원경이 목소리를 더 낮췄다. 크게 얘기해도 괜찮아. 이모님이 말했다. 그래도 원경은 속삭이듯 말했다.

"실은, 그 비구니 스님 남편이 보살님 남편 돈을 크게 떼어먹고 감옥에 갔던 사람이래. 돈은 이미 감춰둬서 하나도 못 받았나 봐. 무슨 투자전문가라고 하고 유령 회사를 만들어서 사기를 크게 쳤나 봐. 보살님이 오랫동안 추적하다가 여기까지 온 거야. 그리고 그냥 절에 온 척하면서 비구니 스님이 혼자 어떻게 먹고사나 본 거지. 분명히 숨겨둔 돈이 있을 텐데, 하고."

원경이 삽을 놓고 땀을 닦았다. 말까지 하려니 숨이 찬 것 같았다. 신오가 원경이 내려놓은 삽을 들고 이어서 땅을 파기 시작했다.

"근데 땅은 왜……."

"보살님이 보셨대. 땅에 금괴를 묻는 거."

"금괴?"

"골드바, 금. 팔뚝만 했대. 사람이 자꾸 찾아오니까 불안해서 금을 묻었나 봐."

"그 비구니 스님은 지금 어디 계시는데?"

"화재 때 돌아가셨어."

"근데 이렇게 구멍을 팠는데도 못 찾았어?"

"암자가 불에 타고 나니까 어디쯤인지조차 모르겠다고 하셔서. 그냥 파보고 있어. 금괴 나오면 우리도 좀 나눠주신다고 하셨거든."

"오늘 찾으면 보살님이 너도 하나 주신단다."

이모님이 외쳤다.

땅에는 돌 말고도 자잘한 뿌리들이 많았다. 산불이 뿌리까지 태우지는 못한 것 같았다. 삽을 찔러 넣을 때마다 무언가에 걸려서 팔이 징징 울렸다. 금세 관자놀이부터 땀이 고였다. 신오는 입고 있던 패딩을 벗었다. 헬스장에 다니면서 나름대로 상체는 자신 있었는데 벌써 팔이 떨리고 있었다. 갑자기 돌풍이 불면서 재가루가 섞인 듯한 검은 흙이 흩날렸다. 원경은 계속 말했다.

“우리 이모는 스파이였어. 보살님이 보니까 암자에서 산 밑으로 내려가려면 제일 빠른 길이 우리 이모 집 앞을 지나게 되어 있더래. 보살님 생각에 남의 돈을 거저먹고도 뻔뻔하게 잘 사는 사람이 가장 빠른 길을 두고 굳이 멀리 돌아서 산을 내려올 것 같지 않아서 우리 이모한테 부탁했다는 거야. 비구니 스님이 산에서 내려가거나 이상한 사람들이 암자로 올라가는 것 같으면 연락 달라고. 우리 이모 간호사였으니까 기록은 또 전문 분야잖아.”

“너는 근데 여기 왜 있어?”

“그건 내가 물어야 할 질문인데.”

신오는 삽질을 멈췄다. 신오는 사실대로 이야기를 하려고 했다. 가슴에서 뭐가 만져지면 꼭 말해달라고 하던 원경의 말과 그 말에서 시작된 상상, 도망치고 싶었던 미래 그리고 우습게도 지금 그 미래에 도달한 자기. 그러나 이 모든 이야기 대신 신오는 말했다.

“나 사실 좀 아팠거든. 말기암이었어. 오 년 생존율이 10퍼센트도 안 되는 상황이었는데 보다시피 살아남았어. 어제 정기검진 다녀왔어. 깨끗하대. 네 생각이 제일 먼저 났어. 그때 내가 너무 갑작스럽게 통보하고 연락을 끊었잖아. 꼭 다시 제대로 만나서 사과하고 싶었어."

주위가 조용했다. 신오는 자기가 금세 들통날 거짓말을 했다는 것도, 원경이 어쩌면 지난 오 년간 신오의 소식을 전해 듣거나 신오의 메신저 프로필을 확인했을 가능성에 대해서도 전혀 신경 쓰지 않았다. 신오는 그저 파놓은 구덩이만 보고 있었다. 반짝이는 것은 아무것도 없었다. 벌레들이 부지런히 기어오르고 흙은 조금씩 무너져 내렸다. 줄기는 타버려서 무엇이었는지 알 수 없는 무성한 뿌리들이 너울거렸다.

"이제 괜찮은 거 맞아?"

원경이 속삭이듯 물었다. 신오는 여전히 구덩이를 보면서 고개를 끄덕였다.

"무슨 사과까지 해."

원경은 잠시 발로 땅을 툭툭 찼다. 그리고 다시 말했다.

"그때 네가 얘기 안 했으면 내가 했을 거야. 내가 맨날 너네 집에 갔잖아. 그러다 집에 돌아오면 왜 항상 내가 너네 집에 가야 하지, 그런 생각이 들기 시작하더라고. 너 네가 보고 싶던 영화 보면 그 영화 얘기만 계속하고 내가 보고 싶다고 하던 영화 보면 끝나고 맨날 딴 얘기만 했던 거 알아? 그런 것들이 점점 거슬렸어. 문자 하나 남기고 갑자기 연락이 안 되니까 처음에는 황당하긴 했는데, 나중에는 그냥 뭐, 이렇게 끝내도 되겠다 싶더라. 같이 있으면 편했지만 떨어져 있다고 불편하진 않았으니까. 네가 그렇게 마음에 담아두고 있을 줄은 정말 몰랐어."

신오는 개미 떼들이 구덩이에서 기어오르는 모습을 보면서 생각해보려고 했다. 원경과 보냈던 시간 중 어디에서 원경이 멀어지고 있었는지. 아무리 생각해도 신오는 원경과 있던 모든 순간이 좋았다. 원경과 영화 취향은 달랐지만 큰 문제라고는 생각하지 않았다. 원경의 집은 원룸이었고 신오의 집은 그래도 거실과 방이 분리되어 있는 진짜 집이었으니 원경이 오는 것에 아무 생각이 없었다. 신오는 스스로가 우스웠다. 내심 신오의 고백을 들은 원경이 자기가 싫어서 헤어진 게 아니라서 다행이라고 말해주길 바랐었나?

원경이 고개 숙인 신오를 힐끗 보더니 다시 말

을 이었다.

“그때 네가 아픈 걸 알았다면 네 옆에 있었을 거야. 나는 아픈 게 어떤 건지 아니까. 아픈 사람에게는 사랑이 아니라 인내가 필요하니까. 기억날지 모르겠는데, 우리 엄마도 큰이모도 유방암으로 돌아가셨잖아. 근데 나한테는 그 돌연변이 유전자가 없대. 회사 건강검진 항목에 유전자 검사가 있길래 받아봤더니 그러더라. 그때 이모가 일하다 다리를 다쳤다는 연락을 받고 그냥 회사 그만두고 여기로 내려왔어. 어차피 오래 못 다닐 곳이었고, 이모도 돌볼 겸. 이상하게 나만 그 유전자가 없는 게 빚진 기분이더라.”

신오는 원경의 말을 믿었다. 어쩌면 지금이라도 실은 바로 어제 진단을 받았다고, 이미 전이까지 되어 손쓸 수 없는 상태라고 말하면 원경은 신오를 기꺼이 돌봐줄지도 몰랐다. 물론 터무니없는 기대라는 것을 신오도 알았다.

“어?”

이모님 목소리였다. 원경이 이모님 쪽을 돌아보며, 금 나왔어? 묻자 보살님이 다급히 이리로 오라는 손짓을 했다. 신오와 원경이 이모님과 보살님이 파던 구덩이 쪽으로 갔다. 꽤 넓게 파진 구덩이에 굵은 뼈다귀가 빠져나와 있었다. 끝이 뭉툭한 뼈였다.

"사람일까요?"

신오의 물음에 아무도 대답하지 않았다. 그들은 구덩이를 더 넓게 파 내려갔다. 이모님과 보살님이 한 조처럼 번갈아 삽질을 해가며 한쪽을 넓혀가고 신오와 원경이 다른 쪽을 파 내려갔다. 이번에도 이모님과 보살님 쪽에서 누구의 목소린지 모를 신음이 들렸다. 아니, 이게……. 그때 신오의 삽 끝에도 무언가 텅, 하고 단단한 게 걸렸다. 굵고 가는 뼈들이 넓은 구덩이 안에 빼곡했다. 삽으로 흙을 살살 걷어내자 둥근 갈비뼈들과 이빨이 남아 있는 턱뼈, 그리고 아주 가는 꼬리뼈를 분간할 수 있었다. 뼈들은 형체를 잃고 서로 층층이 쌓이고 섞여 있었다.

"돼지인가 보다."

이모님이 나지막히 말했다.

"구제역 때 살처분했나 보네요."

보살님이 손을 합장하며 말했다.

"남의 땅에다 하는 건 불법인데."

이모님은 그렇게 말하며 보살님을 따라 손을 모

았다.

"이렇게 많이요?"

원경이 놀란 기색을 숨기지 않고 물었다. 신오는 순간 원경이 너무 순진하다는 생각이 들었다. 신오는 군대에서 구제역살처분에 동원된 적이 있었다. 몇백 마리의 돼지를 옮기고, 구덩이에 넣고 덮는 일. 이미 가스 살포로 숨이 끊어졌다고 했지만, 분명 움직이는 것들이 있었다. 꿈틀거리는 것들, 옴짝달싹 못 하는 와중에도 숨을 내쉬고, 가르릉 울고, 어떻게든 일어나보려고 발에 힘을 주며 몸부림치던 것들. 신오는 땅만 보려고 했다. 그 세세한 움직임을, 몸부림을 보지 않으려고 했다. 그때부터 어쩌면, 신오는 알았어야 했는지도 모른다. 자신의 미래가 예정되어 있었다는 것을. 자기도 살기 위해 언젠가 몸을 비틀고 악을 쓰고 그러다 끝내 깊은 구멍에 묻히게 되리란 것을.

이모님과 보살님이 손을 모으고 고개를 숙였다. 원경도 한편에 서서 두 손을 모으고 눈을 감았다. 신오는 눈을 감지 않았고 손을 모으지도 않았다. 똑바로 바라보고 싶었다. 저 희고 빛나는 뼈들을. 이모님과 보살님과 원경은 구덩이 바깥에 있는 사람들이었다. 신오는 구덩이에 끌려 들어갈 것처럼 몸을 기울이고 안을 들여다보았다. 신오는 이 여자들을 전혀 알지 못했다. 이들은 모두 살아남은 사람들이었다. 자기는 그렇지 못할 것 같다는 예감이 들었다. 신오는 깊은 구덩이에 빠진 듯한 외로움을 느꼈다.

에세이

산으로 가는 이야기

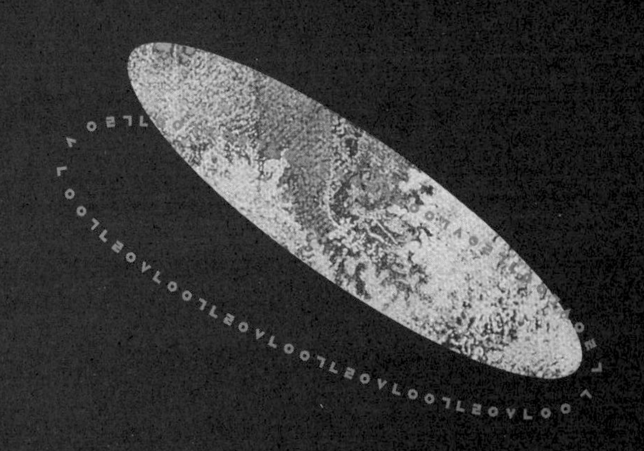

세 편의 소설은 인물들이 모두 산으로 가는, 혹은 가게 되는, 아니 어쩌면 끌려가는 이야기다.

1. 산

내가 열일곱 살 여름까지 살았던 동네는 산으로 둘러싸여 있었다. 동네 어디서나 보이는 산 중 하나는 우리 할아버지와 증조부, 고조부 내외의 무덤이 있는 선산이었다. 그 고조부의 부모, 그 부모의 부모까지 그 산에 있었을지도 모르겠다. 이를테면 우리는 그 동네의 원주민이었다. 할아버지는 내가 네 살 때 집에서 돌아가셨다. 1950년대에 지어진 나무 대문 집. 대문의 높은 문턱에는 구부러진 못이 하나 불길한 징조처럼 박혀 있다. (나는 당연한 수순처럼 그 못에 무릎을 찢겼고 흉터는 여전히 남아 있다.) 마당에는 마른 단풍나무 하나가 시도때도 없이 붉은 잎을 달고 있고, 그 옆에 음식물 쓰레기를 버리던 퇴비 더미가 쌓여 있다. 마당에서 시작된 상여 행렬이 산까지 이어진다. 큰 깃발을 따라 관을 짊어지고 느릿느릿 걸음을 떼는 남자들, 끊어질 듯 계속되는 노랫소리. 할아버지는 천식을 앓았고, 가래가 지글지글 끓는 기침이 잦았다. 가래를 뱉을 그릇을 언제나 손 닿는 곳에 두었다. 나의 최초의 기억 중 하나는 가래다. 나는 목을 가다듬어 가래인지 거품 많은 침인지 모를 것을 바닥에 뱉고 골똘히 들여다본다. 할아버지는 죽었다. 가래 때문에. 나는 생각한다. 혹시 나도 죽는 것인가? 가래 때문에? 나는 바닥에 고여 있는 가래를 본다. 죽음의 징조를 찾아본다. 상여 행렬은 깊은 구덩이 앞에서 멈춘다. 파헤친 흙이 너무 붉어서 산이 피를 토하는 것 같다. 산은 무서운 곳이다. 죽은 사람들이 오는 곳, 또는 목을 달 나무를 찾아 죽으러 올라가는 곳. 집도 무서운 곳이다. 시멘트로 메운 우물, 쥐덫이 놓인 마루 밑, 녹슨

농기구들이 늘어서 있는 뒤란의 창고……. 내가 모르는 어둠이 너무 많다.

그 집을, 우리 동네를 나는 어쩔 수 없이 사랑했다. 산에서 내려온 물이 실개천이 되어 마을을 통과하고 저수지에 고인다. 저수지에는 낚시꾼들이 가끔 찾아온다. 물이 불어난 어느 여름에는 시체가 떠오르기도 한다. 개천을 따라 올라가면 동네 사람들이 개를 잡던 다리가 나온다. 산길을 쏘다니며 사루비아꽃을 따서 꿀을 빨아 먹던 아이들은 어느새 버려진 비닐하우스에서 담배 연기를 깊이 들이마신다. 어느 밤에 집을 나간 아이 엄마는 보란듯이 빨간 립스틱을 바르고 되돌아오고, 동네 사람들이 아이 엄마가 술집에서 일한다고 수근거려도 아이는 엄마를 보고 좋아하며 웃던 동네. 가을이면 집 앞마당에서 바짝 말라가던 고추 냄새가 매캐하게 떠돌던 우리 동네.

고등학교 1학년 여름방학에 다리에 암이 생긴 후 다시는 그 오래된 집으로 돌아가지 못했다. 그 집은 항암 치료로 면역력이 떨어진 환자에게 부적합했다. 집 안 곳곳에 쥐약과 쥐덫을 놓아야 했고, 거미, 개미, 돈벌레가 자주 출몰했으며, 무엇보다 깨끗한 것이 단 하나도 없었다. 화장실도, 부엌도, 내 방도. 벽지며 장판이며, 모든 것이 낡고 부스러져가고 있는 곳이었다. 동네는 새 역사를 짓는 공사가 한창이었다. 논밭에 흙더미가 쌓여갔고, 집들이 허물어졌다. 산을 깎고 도로를 만들었다. 할아버지와 그 부모들의 묘를 이장해야 했다. 굿이 자주 벌어졌다. 동네가 사라져가는 중이었다. 돈을 받은 사람들은 싸웠고, 돈을 받지 못한 사람들은 떠났다. 나의 병과 동네의 죽음이 동시에 찾아온 것 같은 기분이다. 우리 가족은 급히 이사했다. 할머니는 밭과 함께 할 일을 빼앗긴 채 불만과 서러움이 많은 노인이 되어 엄마를 괴롭힌다. 나는 처음으로 아파트에서 살아본다. 다행히 급히 구한 아파트가 산 밑에 있다. 산을 깎아 만든 근린공원이 눈높이에서 보인다. 사람들은 산으로 올라간다. 지치지도 않고, 끝없이, 오른다.

항암 치료를 받으며 집에만 머물던 나는 산을 보며 생각한다. 이제 나는 다리를 잃었구나. 산을 오르지 못하겠구나. 어렸을 때, 엄마는 일주일에 두세 번씩 산에 있는 약수터에서 물을 떠 왔다. 배낭에 빈 페트병을 가득 채워 짊어지고, 석유통처럼 생긴 큰 물통 하나는 손에 들고서. 어린 나도 가방에 빈 페트병 하나를 넣고 엄마를 따라 산에 올랐다. 봄에는 아카시아가 흐드러져 산길이 온통 하얀 꽃잎으로 뒤덮였다. 가을에는 낙엽 사이로 바빠 움직이는 청설모를 발견하곤 했다. 산을 오르다 보면 비석도 없는 무덤이 하나 나왔다. 그 무덤이 보이는 길목에 우리가 쉬어 가는 너른 바위가 있었다. 무덤만 지나면 금방이다, 엄마는 말하곤 했다. 그 무덤이 있는 곳은 주위에 나무가 없어 항상 햇볕이 들었다. 찾아오는 이 없이 방치된 듯한 무덤 하나가 볕 좋은 양지에서 고요하게 부패하고 있다. 그 무덤을 생각하면 나의 병든 몸과 마음이 잠시 아주 환하게 곪을 수 있다. 편안하다.

나는 왜 그 집과 그 동네를 그리워할까, 자주 생각한다. 그 동네가 사라지면서 받은 돈으로 나는 서울의 가장 큰 병원 중 한 곳에서 치료를 받고, 수술도 받고 살아 있는데. 아니면, 이게 정말 그리움이 맞긴 할까. 그 동네에 깃든 어둠과 죽음이 나에게로 옮겨 온 것은 아닐까. 내가 그리워하는 동네는 정답고 반짝이는 이상향도 아니고, 청포도 냄새가 물씬 풍기는 아름다운 곳도 아닌데. 그럼에도 나는 꿈에서 때때로 사라진 동네를 헤맨다. 산을 오르고, 또 오른다. 아무도 돌보지 않은 무덤이 나올 때까지.

2. 가다

소설의 인물들은 시작할 때와 다른 곳에 도착해야 한다고 배웠다. 물리적인 공간의 이동이 아니라 내면의 성장이 필요하다는 말이었지만, 나는 줄곧 강박적으로 인물들을 어딘가로 보내는 이야기를 써왔다. 정작 나는 여행을 거의 하지 않으면서. 그렇다면, 어디로든 도착한 인물들이 성장을 했나? 그렇다고 하기 어렵다. (이래서 내 소설이 안 팔리나 보다.) 아마 내가 성장하지 못한 인간이기 때문일 것이다. 어릴 때 아픈 아이들은 대개 너무 일찍 성숙한다. 그러나 간혹 나처럼 아예 자라기를 포기하는 아이들도 있다. 고등학교 중퇴 후, 검정고시도 보고, 대학교도 졸업하고 심지어 대학원까지 나온 후에 직장 생활을 하고 있지만, 나는 여전히 다리가 아플 때마다 암이 처음 발병했던 열일곱 살로 돌아간다.

나는 전교생 기숙사 생활이 의무인 고등학교에 다니고 있었다. 오십 명이 넘는 여자 아이들이 다닥다닥 붙은 철제 이층 침대에서 함께 잤다. 머리는 귀밑 3센티미터로 유지해야 했고, 새벽 여섯 시에 기상해서

학년별로 운동장을 한 바퀴 뛰고 길게 줄을 서서 아침 배식을 받았다. 수업 시작 전은 0교시로 의무 자습 시간이었고, 수업이 끝나도 열한 시까지 교실에 남아 있어야 했다. 시험기간에는 원하면 불 켜진 식당에서 '올 나잇'을 할 수 있었다. 해마다 명문대를 많이 보내기로 유명한 학교였다. 여름방학에도 기상 시간과 취침 시간은 변하지 않았다. 그리고 열일곱 살 여름, 여섯 시에 일어나 운동장을 돌 때, 골반 밑에서 처음 느껴보는 묵직한 통증이 일었다. 그 통증이 나의 병의 시작이었다. 그 후로 나는 통증이 찾아올 때마다 다시 그때로 돌아간다. 지금 느끼는 통증이 더 큰 불행의 전조는 아닐까, 의심하며 기다린다.

시간이 지나면 모든 것은 옅어지고, 심지어 휘발되기도 한다. 한마디로, 시간이 지나면 괜찮아진다. 많은 이야기에서 반복해서 말하는 진실이다. 내게도 그때 당시가 벌써 까마득히 느껴질 때가 있다. 병원에서 있었던 일들, 분홍색 항암제의 빛깔과 정맥을 찌르던 바늘의 감각이 이제는 그때처럼 아프지 않다. 하지만, 그럼에도, 여전히 날이 선 채, 조금도 무디어지지 않은 채 남아 있는 게 있다. 불안. 내 몸이 언제 나를 배반할

지도 모른다는 불안. 아무리 열심히 도망쳐도, 결국 병원 침대로 끌려가 생을 마감하게 될 것 같다는 예감.

불안과 예감은 삶에 이상한 동력을 불어넣는다. 나는 계속 나아간다. 학교를 다니는 동안은 성실한 학생이었고, 직장인이 된 지금도 내게 주어진 업무를 최대한 잘 해내기 위해 애쓴다. 저녁을 먹고 산책을 나간다. 성치 않은 다리로나마, 움직인다. 불안은, 불안한 예감은 가만히 있을 때 더욱 기승을 부리니까. 허리까지 석고붕대를 차고 침대에 누워 있을 때 누리지 못했던 자유. 내 몸을 내가 씻고, 원하는 곳으로 움직일 수 있는 삶을 언제 끝날지 모른다고 살아내지 않을 수는 없다. 그리고 나는 살아 있는 동안은 이야기를 생각하기로 한다. 이야기를 생각하는 동안은 이 지겨운 몸을 벗어날 수 있으니까. 내 지겨운 몸과 병, 아무리 생각해도 점점 이해하기 어려운 세상과 사람들도 이야기를 통하면 견딜 만하다. 드물지만 가끔은, 그 모든 불가해와 몰이해와 무정을 껴안고 싶어진다.

3. 이야기

소설을 쓰면서 나는 항상 내 이야기가 산으로

갈까 두려웠다. 인물들이 길을 잃고, 제대로 된 결말을 찾아내지 못하게 되고, 독자들은 물론 쓰는 사람조차 납득이 되지 않으면서 억지로 끌고 가는 이야기가 될까 봐. 나는 결말을 정해두지 않고는 소설을 쓸 수 없다. 인물들이 도착할 곳을 정하지 않고는 첫 문장을 쓸 수 없다. 길을 잃지 않기 위해서, 내게는 목적지가 필요하다. 그냥 써봐, 두려움 없이 도전해봐. 나는 그런 말을 할 수 없는 사람이다. 그럼에도 소설을 쓰다 보면 늘 헤매게 된다. 인물들을 원하는 대로 끌고 가도, 원하는 곳에 도달할 수 없다. 시작하기 전에 아무리 철저히 계획을 세워놓아도, 문장으로 이야기가 구체화되고 나면 많은 것들이 생각과 달라진다. 내가 계획했던 전개가, 인물의 선택이, 도착지가 마음에 들지 않는다.

운이 좋으면 쓰는 도중에 무엇이 잘못되었는지 알아차리고 방향을 바꿔서 소설을 완성할 수 있다. 하지만 대개는 소설을 막무가내로 완성시켜놓은 후에 외면한다. 무엇이 문제인지 천천히 생각해보고 수정하는 작업은 괴롭다. 내가 쓴 이야기니까 내가 이미 너무 잘 안다. 구제할 수 없을 것 같다. 문장은 고칠 수 있다. 하지만 항상 그렇듯 큰 문제는 구조적이다. 한두 개만 바꿔서는 고칠 수 없다. 그럴 바에는 새 소설을 쓰는 게 낫지. 나는 그렇게 줄곧 내 마음에 드는 소설을 완성할 때까지 새로 소설을 써왔다. 소설을 오래 써왔지만 크게 늘지 못했던 이유.

소설을 배우면서 퇴고가 중요하다는 이야기는 많이 들었지만, 퇴고가 얼마나 괴로운지, 어떻게 해야 자기 소설을 계속 보면서 고칠 수 있는지 배우지는 못했다. 나도 최근 들어서야, 그러니까 내가 혼자 쓰면서 언제든 쓰고 버리고 할 수 있던 때를 지나 공식적으로 계약을 하고, '마감'을 받게 된 뒤에야, 언제까지고 쓴 것들을 버릴 수 없다는 것을 깨닫고 내 소설을 다시 들여다보기 시작했다. 소설은 처음에 언제나 산으로 가 있다. 내가 계획한 대로 써도 산으로 가고, 계획하지 않은 대로 써도 산으로 간다. 그럴 때마다 잠깐 멈춰 서서 내가 안다고 생각했던 인물을 정말 잘 알고 있는지 질문해본다. 나는 소설을 어떻게든 써내야 하고, 결말을 맺어야 하니 인물들이 적당히 살았으면 좋겠는데. 그렇게 적당히 쓴 소설은 결국 내게도, 읽는 분들에게도 큰 시간 낭비가 될 게 뻔하다. 그래서 다시 생각해본다. 이 사람은 정말 이런 선택을 할까? 이렇게 생각할까? 이렇게 말할까?

여전히, 내게 어떤 사람의 마음을 상상하는 일은 어렵다. 이야기를 만드는 사람에게 모든 것이 가능한 것 같지만, 나의 경험과 생각과 지식은 한계가 있다. 그 한계가 너무 명확하고 때로는 진절머리 난다. 나는 너무 뻔하다. 내게서 나오는 문장도, 인물도, 사건도. 돈을 받고 소설을 쓰면서 이러면 안 될 것 같은데, 놀랍게도 여전히 나는 헤맨다. 그나마 다행인 것은 아주 조금씩 그 헤맴에 익숙해지고 있다는 것, 그리고 산으로 가는 나의 이야기들을 조금은 견딜 수 있을 것 같은 기분이 든다는 것. 그뿐이다.

여기에 나온 이야기들은 어쩌면, 모두 산으로 가는 이야기다.

해설

그 여자들은 왜 산으로 갔을까

— 오은교(문학평론가)

성혜령의 이번 소설집 『산으로 가는 이야기』에 나오는 여성들은 모두 산으로 간다. 신흥종교에 빠져 산속 공동생활 수련원으로 떠난 여자, 그 딸을 구제하기 위해 허깨비처럼 이 산 저 산을 헤매고 다니는 여자, 유부남과 사랑에 빠져 회사를 그만두고 산장을 운영하는 여자, 그 여자의 엄마와 또 그 엄마의 엄마, 바람난 남편을 쫓아 지방의 국립공원으로 향하는 여자와 가출한 엄마를 찾아 나선 여자, 결혼하지 않은 막내딸이라는 이유로 값어치 없는 선산을 물려받은 여자, 방치된 그를 돌보기 위해 거처를 옮긴 여자, 남편의 사기 사건에 휘

말려 버려진 암자에 들어와 살게 된 여자와 그를 쫓아와 감시하며 살아가는 여자까지. 소설 속 여자들은 모두 어느 순간 산으로 향하고, 그 산에서 기어이 다른 여자들까지 불러내고 만다. 이 여자들은 왜 산으로 빨려 들어갈까?

소설집의 표제를 이루고 있는 '이야기가 산으로 간다'는 상투어구는 말이나 글이 제 중심을 잃어 샛길로 빠져드는 상황을 빗대는 것으로 비논리적으로 진행되는 이야기를 책잡기 위한 표현이다. 말하자면 '산으로 가는 이야기'란 두서가 없고 근거가 없어 쉬이 사라지거나 잊힐 만한 것들이다. 그런데 작가는 산으로 가는 이야기의 중심에 여성 인물들을 배치하고, 그 일이 정말 두서없고 근거 없이 벌어진 일인지, 그 냉담한 표현이 산으로 향할 수밖에 없었던 이야기들의 맥락을 은닉하는 것은 아닌지 묻는다. 산으로 가는 이야기에는 도로를 질주하는 이야기가 방기한 거스러미들이 웅성거리니까 말이다.

봉우리와 절벽, 나무와 산불, 무덤과 웅달. 산은 비밀을 구성하기 위해 맞춤한 장소다. 데뷔 이래 여성들이 경험한 차별과 억압의 리듬을 기이한 미스터리 장

르 문법으로 풀어내곤 했던 성혜령은 이번 소설집 『산으로 가는 이야기』를 통해 첩첩산중의 골짜기에서 버림받은 이야기를 파내거나 버려야 할 이야기를 묻어두는 방식으로 자신만의 고유한 땅을 다시금 다져나간다.

첫 소설 「귀환」은 교통사고를 당한 후 혼수상태에 빠졌다가 깨어난 아들을 돌보는 엄마 '수임'이 겪은 만 일 년 동안의 기묘한 감정 변화를 추적하는 소설이다. 경계성 종양 진단을 받고 한순간 자신의 몸을 지극히 낯설게 느끼게 된 수임은, 아이가 교통사고로 의식을 잃어 병원 신세를 지자 "당연하게 수임이 남편 대신 직장에 휴직계"(15쪽)를 낸다. 경미한 사고에도 불구하고 아이는 깨어날 기미를 보이지 않고 함께 병원 생활을 했던 병동의 엄마들도 모두 퇴원했을 즈음, 아이는 긴 잠에서 깨어나 돌연 무서운 고백을 해온다. "고모가 놀아줬어요."(18쪽)

자신이 태어나기도 전에 실종된 고모와 함께 지냈다는 아이의 말에 그간 수임의 가족이 일궈온 안전감은 속수무책으로 무너지기 시작한다. 남편에 따르면 "병적으로 예민하면서 예술가가 될 만큼 똑똑하진 못한 아이"(21쪽)였던 아이의 고모는 청소년 시절 "여자의 몸을 단련하면 하느님을 스스로 잉태할 수 있고, 각자가 신으로 거듭난다는 정신 나간 소리를 하는 사람"(22쪽)을 좇아 산에 들어가 신앙생활 공동체를 하다 실종되었다. 그런 딸을 찾기 위해 사방팔방 산을 뒤지고 다니다 병을 얻은 시어머니와 빚을 진 남편은 혼수상태에서 깨어난 아들이 하는 방언에 묻어두었던 불안이 폭발하고, 아내 몰래 부적을 써 아이의 침실에 붙여두기까지 했다. "고모는 없어. 앞으로 그런 말은 하면 안 돼."(20쪽)

결혼 직전 남편의 가족사를 알게 되었던 수임은 뒤늦게 이야기를 꺼낸 남편이 괘씸한 한편, 그 사실이 차라리 다행이라고 여기기도 했을 정도로 삶의 불안정성을 기피했던 여성이다. "이상한 종교에 빠진 가족이라면, 그것도 시누이라면, 있는 것보다 없는 게 낫지."(29쪽) 애초에 수임이 남편을 가족으로 택한 이유 또한 오랜 세월 집안의 유일한 남자로서 그가 보여온 성실한 책임감 때문이었으니 요양병원에 모친을 모신 실질적 외동이자 어린 시절 동생의 아버지 노릇까지 해왔던 그의 상처를 덮어두는 편이 더 편리했던 것이다.

수임은 남편에게 깊은 애정을 느끼지는 않았지만, 믿을 수 있었다. 작은 문제에도 마음이 곧잘 무너지던 수임에게 남편은 달진 않아도 필요한 처방 같았다.
(25쪽)

일찍이 부모를 여의고 불안과 확인 강박에 시달렸던 수임은 자신의 결핍을 다스려주며 가족의 울타리를 함께 짓는 동료로서의 남편을 신뢰했지만, 시간이 지날수록 남편은 더욱 과민 상태에 빠진다. "네가 알아줘야 해. 내가 내 가정 갖고 싶어서 우리 엄마랑 동생은 가슴에 묻었어. 여기에."(24쪽)

"연봉도 경력도 많이 깎이겠지만 재입사"(31쪽)로 회사에 복귀하게 되었으니 "예외적으로 불행했던 시간이라고 명명하고 과거에 수납"(30쪽)할 수 있겠다고 믿었던 수임의 기대는 무너진다. 수임 부부는 아이가 고모 재연처럼 손이 굽기 시작하더니 좋아하던 육식을 거부하고, 온종일 인문 서적을 탐독하며 친구들과의 교류를 끊은 채 마치 광합성을 하는 듯한 버릇을 보이고, 남편과 엄마에 대한 고모의 원망을 대변하듯이 말을 하기 시작하자 자신의 아들에게 고모의 귀신이 씌었다고 확신하게 된다. 아들의 말을 통해 대리되는 고모의 목소리에는 남편 없이 아이 둘을 건사해야 했던 가정에서 겪어야 했던 막내딸의 묵은 슬픔과 분노가 묻어 있다. 딸만은 "수영 안 보내줬다"(38쪽)는 원망, "갈비뼈가 부러졌는데 말을 안 해서 아무도 몰랐다"(19쪽)는 어린 오빠에 대한 연민, 장사를 나가야 했던 엄마와 어린 소년에 손에 맡겨져 사고를 겪어 평생 가는 장애를 안고 살았지만 "고모는 아빠 안 미워"(37쪽)한다는 용서의 말은 수임이 한사코 외면했던 사실을 마주하게 한다.

가장 뜨거운 여름의 햇빛이 쏟아지는 날, 아이는 수임 부부와 시어머니를 대동하고 고모가 실종되었던 산을 찾아 이리저리 뛰어다닌다.

> 일본 사람들이 여기에 구리광산을 팠는데, 광산이 그렇게 깊지 않은데도 사람들이 많이 죽어서 신사를 만들었고, 그게 나중에 수련원 터가 된 거예요. 전쟁 때는 징병 피하려고 광산에 아들들을 숨겨서 딸들 시켜서 먹을 거 날라서, 딸들이 고생이 많았대요. 고모는 예전이나 지금이나 아들 가진 엄마들은 다 똑같다고, 엄마도 똑같을 거래요. (41쪽)

아이의 목소리라고는 믿기지 않는 높고 매끄러운 목소리는 이제 온전한 고모의 말처럼 들리고, 어디 있냐는 남편의 물음에 대답으로 들려온 소리에는 이윽고 자신이 버려졌음을 깨달은 이의 체념과 달관을 느끼게 한다. "내가 있는 곳은 모르는 게 나아. 그동안 나 별로 찾지도 않았잖아. 찾는 척만 했지. 내가 제일 좋아하는 장소니까 가끔 와줘. 그래도, 가족이니까."

수임은 "그 가족에 자기가 포함되지 않는다는 사실"에 절벽에서 모두 밀어버리고 싶다는 살해 충동을 느끼면서도 다시금 삶에 대한 의지를 재충전한다. 예의 그 신흥종교에 심취한 고모와 스스로를 신이라 부른 종교 지도자처럼 말이다. "햇볕을 머리부터 흠뻑 받았다. 무언가 들어오는 것 같기도, 혹은 솟아오르는 것 같기도"(43쪽) 하다.

과학적으로 설명할 순 없지만, 민속학적인 현상인 '빙의'를 차용한 「귀환」은 가장 어린 자의 몸을 타고 귀환해 온 이전 세대 여성의 원한을 펼쳐놓으며 정상가족으로 이루어진 대물림 신화가 내적 균열을 일으키는 장면을 보여준다. 지적, 사회적, 신체적 "병신"(33쪽) 대접 속에서 자신이 맹신한 환상을 통해서만 살아갈 수 있었던 고모의 흔적은 해결할 수도 미리 알아차릴 수도 없이 수임의 몸에 침투한 추적 관찰을 요망하는 질병처럼 그들의 가족을 계속해서 괴롭힐 것이다.

"나는 꿈에서 사람을 죽인다. 그리고 내가 죽인 사람은 스스로를 죽인다."(53쪽)

「꿈속의 살인」은 살인하는 꿈을 꾸면 살인을 당한 이가 동일한 방식으로 자살을 하게 되는 뒤틀린 예지몽을 꾸는 여자에 대한 이야기다. 꿈속에서 토막 난 엄마의 손가락을 보고 놀라 깨어난 화자는 다시금 싸늘한 예감에 시달리게 된다. "내가 엄마를 죽였구나. 이번에는 조각냈구나, 엄마를."(48쪽)

'나'의 살해 꿈은 그간 두 번 실현된 적 있었다. 좋은 대학을 강제하는 가족의 기대와 원하는 만큼의 애정을 내놓지 않는 남자 친구에 대한 불만을 귀찮도록 조잘댔던 재수생 시절의 단짝 친구, 남들이 잔반처럼 버려둔 일을 처리하지만 사회성이 없고 취향과 체취가 불쾌한 동료 등 '나'가 이따금 부정적인 감정을 품었던 사람들은 '나'가 살인 꿈을 꾼 이후 자신의 목숨을 버렸던 것이다.

타인에 대한 혐오를 정당화하기 위해 혼자만이 간직할 수 있는 살인 꿈을 꾸고, 지인의 자살에 죄책감을 갖는 '나'의 모습은 어쩌면 그 죄책감으로 자기혐오를 견디는 것일 수 있다.

> 그래도, 그래도 그들이 죽기를 바라지는 않았다. 정말? 아마도. 아니, 그런데, 조금 바란다고 한들, 그게 내 잘못일까? 어쩌면 나는 스스로를 죽이고 싶었는지도 모른다. (……) 그래, 어쩌면, 이렇게 생각하는 게 나을지도 모르겠다. 나를 죽이고 싶은 마음이 그동안 누군가를 죽이는 꿈으로 나타났을 것이고, 그들의 죽음은 나와 아무 상관없다고. 정말로? 정말로. (73쪽)

'나'는 꿈속에서 결혼반지를 낀 채 토막 난 손가락을 보며 다시금 두려움과 흥분에 휩싸인다. 십 년 전 집을 떠난 남편과 맞춘 결혼반지를 아직까지 끼고 다니는 엄마, 남편의 애인이 젊고 예쁘다는 이유로 미용과 노화 방지에 집착하게 된 엄마, 딱히 화목한 사이도 아니었으면서 남편이 돌아오면 모든 것이 제대로 돌아갈 것이라고 굳게 믿는 엄마, 집에 남자가 없어 전세사기를 당했다며 하소연을 하면서 딸의 재산마저 날리고 얹혀사는 마당에 사사건건 외모와 청결 상태를 지적하는 엄마는 수능시험을 앞두고 자신을 방치한 부모의 사정으로 햄버거를 시켜 먹던 '나'에게 말했었다. "너는 지금 배가 고프니? 그러니까 살이 찌지." 그때 '나'는 "아마 엄마도 아빠도 용서하지 않겠다고 생각했던 것 같다."(72쪽)

"너는 여자애가 머리도 짧고 옷도 그렇게 입고 다니면서 담배까지 피우면 어쩌려고 그러니?"(64쪽) 엄마의 지적에 신경질이 나지만, 사소한 다툼을 벌이고 사라진 엄마가 자살할까 두려웠던 '나'는 이내 엄마가 아빠의 내연녀를 찾아 그가 운영한다는 산속 민박으로 여행을 떠났다는 것을 알게 된다. 내연녀 '오선양 씨'가 혼자 살아간다는 사실을 알게 되고, 모녀가 함께 다니는 모습이 좋다는 소리로 내연녀에게 약간의 인정까지 받은 엄마는 화목한 가족이라는 자신도 이루지 못한 환상을 충고로 내뱉으며 은근한 자부심을 내비치기도 한다. "요즘 사람들 결혼도 안 하고 아이도 안 낳는다고 하는데, 좋든 싫든 가족을 이루고 살아봐야 자기가 어떤 사람인지도 알게 되고. 더 넓고 큰 삶을 경험하는 게 좋지 않겠어요?"(81쪽) '나'는 가출한 엄마에게 자신의 예지몽처럼 죽을 것이냐고 묻지만 엄마는 경쾌하게 맞받아친다. "내가 왜. 나는 피해잔데. 내가 왜. (……) 내가 그럴 거였으면 너네 아빠부터 죽였지."(78쪽)

이제 저주 같은 '나'의 꿈은 더 이상 실현되지 않는 것일까?

깔끔하게 민박을 가꾸며 혼자 사는 중년의 여성 오선양 씨는 편안해 보였고, 아빠를 찾지 못한 엄마도 잠시나마 평정을 찾았을 무렵, 나는 오선양 씨의 냉장고에서 꿈속에서 보았던 반지가 끼워진 손가락을 본다. 즉, '나'가 꿈속에서 죽인 사람은 엄마가 아니라 아빠였던 것이고, 그렇다면 아빠는 이미 자살을 했거나 할 것이라는 뜻이다. 수험생 딸에게 "공구는 싸다고 국산 쓰지 말고 꼭 일제"(71쪽)를 사라는 말을 유언처럼 남기고 사라진 아빠는 어떻게 죽었을까. "필요 없는 것은 버리면"(82쪽)된다는 오선양 씨와 어떤 관계를 이어갔을까, 잘 든다는 일제 공구로 자신의 손가락을 토막 냈을까. 확인된 것은 없지만 이제 '나'에게 중요한 것은 아빠의 생사가 아닌 엄마가 자살을 하지 않을 것이라는 사실과 그로 인한 안도감이다. 이제 '나'는 아빠의 손가락을 숲

속에 묻어두고 혼자만의 장례식을 치른다.

나는 흙을 적당히 파고 손가락을 묻었다. 반지를, 정말 끝까지 빼놓지 않았구나, 아빠는. 엄마가 이 사실을 알면 좋아할까, 슬퍼할까. 나는 손가락을 묻은 자리에 봉긋하게 흙을 덮었다. 아무도 못 알아보겠지만, 나는 여기서 아빠를 묻고 추도까지 마치기로 했다. 과연 일제 공구가 잘 들었을까. 궁금했지만 묻지는 않았다. (84쪽)

아빠의 손가락이 든 지퍼 백을 묻는 경악스러운 장면이 어쩐지 가뿐함과 산뜻함까지 자아내는 일은 기괴한 웃음을 유발한다. 죽음에 대한 죄책감은 더 이상 그녀를 누르지 않고, 한순간도 친절하지 않았던 가부장의 죽음은 이들 모녀와 오선양 씨에게 새로운 삶을 선사하는 듯 보인다. 이 죽음은 불온하게 상쾌하다.

암 선고를 받고는 유전병 가능성이 있던 전 여자친구와 재회하게 된 이야기 「원경」은 돌봄노동의 젠더를 물으며 그 값을 치르지 않으려는 사회를 신랄하게 묘사한다. 대형 프로젝트 성사를 앞두고 건강검진을 받은 '신오'는 "술도 담배도 즐기지 않았고, 헬스는 주 3회씩 벌써 오 년째" 다니며 "주말에는 등산도 가끔"하고 "주중 점심은 구내식당에서 한식 위주로 먹고 저녁은 주로 닭가슴살 샐러드를"(90쪽) 사 먹으며 건강에 각별한 주의를 기울여왔던 자신이 암 진단을 받았다는 사실을 믿을 수 없다. 그런 예상치 못한 상황에서 신오가 불현듯 떠올린 이는 오 년 전에 헤어진 '원경'이다.

원경은 신오가 "처음으로 함께하는 미래를 생각했던 사람"(91쪽)이다. "원경의 상식 수준과 감수성의 정도는 신오의 신경에 거슬린 적이 없었다. 잔인한 범죄나, 특히 여성을 대상으로 한 범죄 뉴스에 과하게 방어적으로 반응하지도 않았고, 어떤 드라마나 특정 배우에 지나치게 몰입해 신오를 당황하게 하지도 않았다."(91~92쪽) 자신의 심기를 거스르지 않는 매우 균형적인 사람이라는 이유로 함께하는 미래까지 생각했던 원경과 헤어진 건 원경의 모계에 유전 가능성이 있는 질병이 있음을 알게 되었기 때문이다. 그 사실을 전하는 여자 친구의 말을 들은 그 밤 신오는 이별을 결심했다. 언젠가는 닥쳐올 아내의 병간호를 하며 영영 기꺼운 마음으로 수발을 들 수는 없다고 말이다. "그 사람이 가지고 올 불확실한 미래까지 기꺼이 받아들여야 하는 일이라면, 신오는 지금까지 누구도 사랑해본 적 없었다. 앞으로도 누군가를, 심지어 자기 자신조차"(93쪽). 그러던 신오가 미혼 상태에서 예후가 좋지 않은 암을 진단받자 즉각 떠올린 이가 원경이라는 사실은, 결코 자신만은 질병치레를 하지 않는 건강하고 행복한 삶을 영위할 수 있을 것이라는 굳은 믿음 때문이었을 것이다. 사람을 가리지 않고 찾아온 병에 대한 억울하고 서글픈 심정으로, 신오는 원경에게 문자메시지를 남긴다. "잘 지내?"(95쪽)

신오의 기대와 우려와는 달리 원경은 그간 몹시 잘 지내고 있었다. 유전자 검사 결과 암을 유전하는 인자가 없다는 사실을 알게 되었고, 숙면을 도와주는 나무와 흙으로 지어진 집에서 이모와 함께 지냈다. 대학병원 간호사로 삼십 년 근속하고 정년퇴직한 원경의 이모는 혼인도 하지 않고 아이도 낳지 않았다는 이유로 아무도 탐내지 않는 연고도 없는 지방의 선산을 유산으로 떠맡았다. "이게 이모의 복수야, (……) 자기한테 쓰레기처럼 버려진 산에 이렇게 멋진 집을 지어버린 거. 가족들이 여길 어떻게 오겠어." 형제들이 값나가는 건물과 부동산을 나눠 갖는 동안 아무도 돌보지 않는 친척 가문의 묘가 있는 선산에 정착한 이모는, 신오의 상상과 달리 바쁘고 활기한 노년을 보내고 있었다.

신오가 오랜만에 방문한 이모의 선산은 그새 산불로 홀랑 다 타버렸고, 잔불을 제거하며 산을 오르는 중 산속 암자에는 남편이 사기를 쳐서 빚쟁이들에게 쫓기다 들어와 비구니가 된 여자와 그들에게 돈이 떼인 또 다른 여자가 보살을 자처하며 그를 돌보았던 여자에 대해 알게 된다. 담뱃갑 속 구강암 사진 보며 "목구멍 안에 저런 게 생기는 것보다는 뱃속에 있는 게 낫"(96쪽)다고 생각하거나, "허리가 조금 길긴 했지만 원경은 항상 자세가 곧았다"(103~104쪽)고 생각할 정도로 끊임없이 위계를 설정해야만 자신의 위치와 처지에 대한 감각을 얻고 미래를 계획할 수 있는 그는, 산속의 이 여자들이 서로를 감시하듯 보살피며 십수 년을 살아왔으며 언제 자랄지 모를 나무를 심고, 어디 있는지도 모를 금괴를 찾아 산속을 누비며 살아간다는 사실을 이해할 수 없다.

이에 더해 신오는 원경으로부터 충격적인 이야

기를 듣게 된다. 오래전 갑작스러웠던 이별 통보를 끄집어내며 사과하던 그에게 원경이 뜻밖의 말을 던진다. “그때 네가 얘기 안 했으면 내가 했을 거야. 내가 맨날 너네 집에 갔잖아. 그러다 집에 돌아오면 왜 항상 내가 너네 집에 가야 하지, 그런 생각이 들기 시작하더라고. 너 네가 보고 싶던 영화 보면 그 영화 얘기만 계속하고 내가 보고 싶다고 하던 영화 보면 끝나고 맨날 딴 얘기만 했던 거 알아? 그런 것들이 점점 거슬렸어.”(110~111쪽) 실은 여자친구가 자신에게 모든 것을 맞춰주었으므로 “아무리 생각해도 신오는 원경과 있던 모든 순간이 좋았다”(111쪽)고 밖에 기억할 수 없었던 신오는 과오를 뉘우치고 다시 한번 관계를 복원하여 알뜰한 돌봄을 받을 자신의 미래가 부서짐을 느낀다. “어쩌면 지금이라도 실은 바로 어제 진단을 받았다고, 이미 전이까지 되어 손쓸 수 없는 상태라고 말하면 원경은 신오를 기꺼이 돌봐줄지도”(112쪽) 모른다는 신오의 헛된 기대는 잔불을 끄는 이모의 농담과 대비되며 그의 공포를 부추긴다. “너 묻을까 봐 겁나?”(106쪽)

병 수발이 두려워 이별을 고한 전 애인에게 이제 와서 병 수발을 들게 하려는 내심을 숨기지 못하는 신오와 아버지, 남편, 남자 친구 등 남성들에게만 권력이 이양되는 가족을 떠나 홀로 산속에서 자신만의 봉우리와 구덩이들을 만들어낸 여자들, 정상 가족 내 여성들이 수행하는 돌봄노동에 대한 멸시는 신랄하게 전복된다. 성혜령의 소설이 그저 죄책감 없는 단순한 복수의 쾌감만을 자극했다면 이렇게 서늘해질 필요도 없을 것이다. 단지 누구를 탓하고 그를 징벌하겠다는 것이 아니라 너무나 자연스럽고 당연하게 이루어지는 차별의 구조가 예상치 못한 모양으로 자신의 골조를 드러낼 때 익숙함은 파괴되고 다른 삶을 향방을 개발하거나 그에 완전히 무력하게 굴복할 자신을 추동한다. 그 불안은 반복되며 변주될 것이다.

저마다의 사정으로 산으로 들어온 이 소설집 속 여자들이 각자의 방식으로 삶을 가꾸어온 풍경을 감상하는 일은 썩 즐겁다. 미쳐버렸지만 사실 즐거웠잖아? 혼자 남겨졌지만 실은 편해졌잖아? 쫓겨 다녔지만 결국 살아남았잖아? 경계했지만 서로를 돌보았잖아? 멀리서 보면 산으로 가는 이야기지만 가까이서 들여다보면 산에서 잘 살아가는 이야기들임이 아닐 수 없는 이 소설들의 언캐니함에는 신경을 간질이는 음험함과 위

태로운 웃음들이 있다. 영원히 묻을 수만은 없는 가부장제의 억압들이, 산불로 훤히 드러나버린 살처분된 돼지의 뼈들처럼 굴러다닌다. 경쾌하고, 기괴하게.

수록 작품 발표 지면

「귀환」
미발표작

「꿈속의 살인」
미발표작

「원경」
『문장웹진』 2024년 5월호

트리플 29

산으로 가는 이야기

초판 1쇄 인쇄일 2024년 11월 26일
초판 1쇄 발행일 2024년 12월 16일

지은이 · 성혜령

펴낸이 · 정은영
편집 · 방지민 최찬미
디자인 · 이선희
마케팅 · 최금순 이언영 연병선 송의정
제작 · 홍동근
펴낸곳 · (주)자음과모음
출판등록 · 2001년 11월 28일
제2001-000259호
주소 · 경기도 파주시 회동길 325-20
전화 · 편집부 02) 324-2347
경영지원부 02) 325-6047
팩스 · 편집부 02) 324-2348
경영지원부 02) 2648-1311
이메일 · munhak@jamobook.com

ISBN 978-89-544-5195-6 (04810)
978-89-544-4632-7 (세트)